RITVA SARKOLA

PAHAN PALAPELI

Poliisiromaani

© 2017 Ritva Sarkola
Kustantaja: BoD – Books on Demand, Helsinki, Suomi
Valmistaja: BoD – Books on Demand, Norderstedt, Saksa
ISBN: 978-951-568-652-7

1.

Mies pyöritteli ajatuksissaan asemanlahdensiltaan kiinnitettyjä rakkaudenlukkoja. Hän oli pitkänsalskea kaveri, josta näki, että salilla oli käyty säännöllisesti. Hänen kasvonsa olivat miellyttävän rauhalliset, suu täyteläinen ja nenä kapea ja suora. Katsekin näytti levolliselta sen hetkisistä katkerista ajatuksista huolimatta.

Tullessaan sillalle hän ei ollut edes katsonut Minnan ja hänen rakkaudenlukkoa ja miksi olisikaan, kun sen rakkaudenkin kanssa oli nyt vähän niin ja näin. Mies aprikoi, että nyt oli ilmeisesti tullut jäähyväisten aika. Siltaan kiinnitetyt, mitä ihmeellisimmät lukot olivat lapsellisten ripustajien mielestä yhteenkuuluvaisuuden purkamaton side ja ikuisen rakkauden tunnus, joskin jotkut olivat ehtineet kiinnittää siltaan jo useammankin ikuisen rakkauden symbolin. Usko ikuiseen rakkauteen oli silti jäänyt kytemään tunteen pohjalle.

Miehen ajatus palasi ärsyttävään värikysymykseen. Kun ajatteli sillan epäonnistunutta väritystä, ei ollut pakko ajatella tuskaisia, satuttavia ajatuksia, vaikka ne aina uudelleen ja uudelleen palasivatkin hyökyaallon tavoin rasittuneeseen mieleen. Lukot ja sillan väritys rassasivat miestä, olkoonkin, että ne olivat ajatusten sijaistoimintaa ja vakuus siitä, ettei olisi tarvinnut ajatella jotain vielä pahempaa, vielä pelottavampaa.

– Minna! Voi Minna, mies parahti äänettömästi ajatuksissaan. Hän pakotti itsensä palaamaan sillalle, sen lukkoihin ja järveen heitettyihin avaimiin, omaan käytökseensä, joka nyt tuntui suorastaan tyhmän lapselliselle jotta olisi vapautunut ajattelemasta Minnaa ja kadonnutta kaiken nielevää hurmaa, mikä aiemmin oli ollut niin vahvana heidän välissään.

Hän sai ohitettua raskaat, pelottavat ajatukset miettimällä, että sininen oli Neitsyt Marian väri, vahva rakkauden väri, mutta sekään ei riittänyt vakuuttamaan rakkautta ikuiseksi. Uskollisuus ja ikuinen yhdessäolo tai ainakin kuvitelma siitä oli vielä vahvistettu siltaan kiinnitetyillä lukoilla, joiden avaimet oli heitetty järveen. Niinpä tämä rakkauden kaikkinielevä tunne oli lopullisesti paketissa, kunnes uusi rakkaus ja uusi suhde pakottivat ostamaan uuden lukon, tietysti erimuotoisen ja -näköisen, kuin edeltäjänsä. Ja näin rakkaus kukki, kunnes se antoi tilaa uudelle tunteelle yhä uudelleen. Sekin kuoli lukoista ja väreistä huolimatta.

Mies muisteli, miten he Minnan kanssa kävivät kiinnittämässä yhteisen lukkonsa siltaan. Se tuntui silloin ihan tärkeältä ja asialliselta, eikä yhtään lapselliselta, kuten nyt, kun hän seisoi tässä ihmettelemässä mikä hänen elämäänsä oikein oli iskenyt. Pakko hänen oli kuitenkin myöntää, että raskas ja surumielinen haikeus oli tässä, tällä epämääräisen värisellä sillalla vahvasti läsnä. Ja niin oli myös ikävä. Ikävä Minnaa, sitä Minnaa, johon hän oli niin rakastunut ja jota hän olisi halunnut rakastaa vieläkin päivin ja öin, jos tämä paha vain saataisiin väistymään. Tämä käsittämätön kylmyys ja viha. Jos se nyt oli vihaa? Jos ei ollut, kuten välillä tuntui, niin mitä se oli? Mikä heitä oikein repi erilleen? Mikä oli se pahuuden tuntematon voima, joka heitä uhkasi?

4

– Siellä se kuikka nyt mennä potkiskelee ihan kuin ei vedessä olisikaan, vaan ilmassa hiljaa liitäisi, sanoi miehen viereen pysähtynyt, ryppyinen, seurankipeä vanha nainen. – Sellainen se, lintu siellä. Ihan nätti. Mahtaneeko sitä paleltaa näin kylmissä säissä? Vaikka miksi sitä palelisi? Olihan sillä vettä läpäisemätön höyhenpeite, vaikka kylmää näyttää riittävän. Viikon kuluttua on sentään jo juhannusviikko, eikä vaan ota lämmitäkseen, ei.

– Kaakkuri, ei kuikka…

– Selvä kuin punatulkku pakkasella, kaakkurihan se.

Vanha nainen katsoi miestä kuin vielä sanoakseen jotain. Jätti sitten silleen ja alkoi kävellä siltaa pitkin kohti Asematietä, aina välillä pysähdellen purkamaan täyteen ahdettua mieltään.

– Niin että mitä hän äsken sanoi? Epäileekös hän vanhan tietoja? Vai vanhan taitoja vallan? Ihan höppänänäkö pitää? Mutta kuulkaas nyt nuorimies! Kun minä sanon, jotta kuikka, niin silloin se on kuikka. Se sopii uskoa ihan sovinnolla. Ei ihmisestä välttämättä tule idioottia, kun hänestä tulee vanha. Vanhalla on ollut aikaa kerätä tietoa kauan. Ja nyt sitä on, mitä käyttää ja näyttää, niin kuin minullakin, ja varsinkin minulla!

– No, nohh, antaas nyt olla. Enhän minä nyt millään pahalla, en ollenkaan. Ja uskonhan minä, että rouva tuntee linnut, kun tuota ikääkin näkyy jo olevan. Uskonhan minä, ei siinä mitään. Toki minä annan periksi. Ei tämä nyt sellainen asia ole, että tästä väittelemään kannattaa lähteä. Kinaksi asti ei kuitenkaan.

– Hyvä sitten. Ja sopii sitä nuoren miehen hieman korjata puheitaan, sillä tavalla vähän hioa käytöstäänkin. Naisen ikää ei arvioida, ei ainakaan ääneen.

5

– Eipä tietenkään, ei toki. Anteeksi jos…

Tilanne alkoi huvittaa miestä.

– Sitä minä vielä painottaisin, että jo sitä tähän ikään osaa sentään linnut toisistaan erottaa, vanhus selvitti kasvot tuhannella poimulla ja miehen kasvojen edessä hosuivat sormet, käyrät ja luiset kuin kotkan kynnet.

– Kuten sanottu, ei millään pahalla, tietenkään, ei. Anteeksi, jos tulin loukanneeksi ihan vahingossa.

– Ainakin teitin nuorten pitäisi osata. Pitäisi osata paljon, paljon muutakin kun leikkiä niitten vehkeittenne kanssa naama kiinni siinä valoruudussa. Täytyy hankkia oppia, eikä tulla siinä vanhempiaan neuvomaan.

– Kieltämättä, kieltämättä… Vaikka en minä vehkeitteni kanssa leiki.

Mies ei malttanut olla heittämättä viimeistä nuoltaan.

– Teillä nuorilla sitä on aina tuhannen pientä perkelettä mielessä vanhoja ihmisiä kohtaan, eikä vanhemman ihmisen kunnioituksesta ole tietoakaan. Vaan sitä on tämän ikäisenä jo oppinut tietämään senkin, minkälaisia säveliä se piru soittaa. Osaa olla varuillaan. Sinunkin nuorimies kannattaisi ajatella, kannattaako valitsemaasi tietä kulkea. Jos vaikka hän miettisi, millainen paholaisen palapeli tämä elämä kaikkiaan on, niin olisi paremmin varustettu pahuutta vastaan.

– Paljon sitä hyvää on nuorissakin, minua nuoremmissa, vaikkei sitä ehkä heti huomaa. Mutta kun tutustuu…

Mies kurtisti kulmiaan ja tunsi miten kiukku tätä vanhaa naista kohtaan alkoi nousta uudelleen.

– Sitä paitsi, mitä te minusta tiedätte? Mies yritti työntää pois närää, joka pyrki väkisin nousemaan

6

rintalastan alle. – Olemmeko koskaan edes ohimennen tavanneet?

– Tavallaan, tavallaan... Kylän juorupeipot ovat ahkeria ja uteliaita ja kovia sirkuttamaan, eikä niiden sanoma ole aina pelkästään iloista viserrystä. Yksi hyräilee yhtä ja toinen toista... Paljon puhutaan rahasta ja rakkaudesta. Vaikka kateellisten puhettahan se sellainen, mutta kuitenkin. Ja etupäässä niistä, jotka jostakin tänne tulevat. Niitä kun on tulijoita kahdenlaisia, hyviä ja huonoja, täkäläisittäin katsoen lähinnä huonoja.

– Vai niin, vai niin. Näinkö on? Toivotaan, että nämä vesilinnut ovat rehdimpiä luonteeltaan kuin ne juorupeipponne.

Kummallinen hymynkare nousi naisen kasvoille, ikään kuin sen takana olisi ollut suurikin salaisuus.

– Kun kerran niin osaavainen olet ja nopea käänteissäsi, niin näetkös sinä tuon kaakattajan nokan alla punaruskean läikän, näetkö? Vanhus oli siirtynyt sinuttelemaan keskustelukumppaniaan itse sitä huomaamatta. Jutusteluaan mummoparka kuitenkin jatkoi.

– Etpä tietenkään näe, kun siellä ei ole niin minkään valtakunnan läikkää. Kyllähän kuikka kaakkuria muistuttaa, sukulainen sentään, mutta onhan se kaakkuri kuikkaa pienempikin... Vaan mitä noista. Ei ne nuoret enää... Ei ne tiedä, ei osaa. Kunhan näpelöivät vehkeitään kaiket vapaa aikansa aivot nelikanttisina. Sellaista se. Nykyisin. Koneellista kaikki, mutta eipä tuota tarvitse enää pitkään katsella, kun luonto hoitaa asian. Ja hyvin hoitaakin. Luonto voittaa aina ja korjaa ripeästi ihmisen tekemät vahingot.

– Vai että taas ne näpelöivät vehkeitään? Miestä alkoi tilanne tympäistä, mutta hän yritti edelleen hallita ilmeitään.

– Ihanko se mummeli tuhmia höpöttää? Oikeinko hän on nähnyt sitä näpelöintiä?

– Olen minä nähnyt, kukapa ei olisi? Junassakin ne istuvat sellainen pieni taulu sylissään ja sen kanssa ne tuhraa koko matkan. Paljon olen miettinyt ja ihmetellyt, että pitäisikö junien pysäyttäminen Mäntyharjussa kieltää? Reippaat parisenkymmentä vuotta yöjunat ovat tuoneet Mäntyharjuun väkeä, joilla ei ole mukanaan muuta kuin tuulen pieksämä perse. Onko ne rahat Helsingissä niin tiukassa, että niitä on täältä asti käytävä kerjäämässä, mitä? Tuolla ne sosiaaliluukulla roikkuvat, yöjunan tuomat, eikä ne muuta osaa kuin arvostella ja haukkua sosiaalitoimiston virkailijoita, jotka eivät suostu ostamaan uutta televisiota paikkakunnalle asettautuneelle, vaikka se puolivuotta sitten sossun ostama telkkari ei enää omaa kaikkia herkkuja. Uudessa olisi enemmän ja parempia herkkuja ja vieläkin laajempi kuvaruutu, kuin tässä puoli vuotta sitten ostetussa.

– En minä sitä, että hän olisi niitä, vanhus sanoi ja tökkäsi etusormellaan miestä rintaan. – Mutta tulinpahan sanoneeksi. Tiedänhän minä, ettei hän ole sellainen, päinvastoin. Kuuluu olevan oikein rehti ja asiansa hoitava. Ja en minä vastaan pane, jos kunnon ihminen joutuu taloudelliseen hätään ja pyytää kunnalta apua. Hyvää on autettava eteenpäin, huonot sopii heittää riesaksi sinne mistä ovat tulleetkin. Näitä harmaita variksia kun on tänne lehahtanut lähiaikoina tavallista enemmän näinä valkoisina kesäöinä.

– Ja vielä sanon, etten minä häntä tarkoita... Ei pidä ottaa itseensä. Huolissaan sitä höpöttää tyhjiä näin

8

silmätystenkin. Ja hyvä että silmätysten, eikä selän takana. Jos hän kuitenkin olisi varovainen... Ei sitä koskaan tiedä, mistä päästä se kana kusee.

Yllättäen vanha rouva syöksähti juoksuun ja veti pitkin siltaa kuin pattijalkainen valakka.

– Nohh, nohh. mitäs se vanha rouva nyt? Mies yritti huutaa vanhuksen perään.

Nainen seisahtuikin hetkeksi, mutta tähyili selvästi huolestuneena ympärilleen.

– Kannattaa katsoa eteensä. Sanon sen vain noin neuvoksi, vaikka paikkakuntalainen olettekin ja sillä tavalla luotettava. Mutta kun nuo jututkin ovat viime aikoina olleet kylällä vähän sellaisia, miten sen nyt sanoisi. Pelottavia? Manninen on vihannut sitä Minna-ressukkaa ihan saatanasti, vaikka se kyllä itse sanoo rakastavansa kuin hullu. Juuri siksi siltä voi odottaa ihan mitä vaan, paitsi rakkaudentöitä. Ihan mitä vaan. Se on paha ja sillä on palapeli meneillään. Jos se ei löydä kaikkia palasia, se hakee ne vaikka kiven alta.

– Kuka tämä Manninen... Mies ei jatkanut. Miksi olisikaan.

– Vaan uskooko hän? Ei, ei usko ja miksi uskoisi, kun tietää, että totuus kulkee hänen ohitseen kainalosauvoilla.

– No, kiitos varotuksesta. Se oli ystävällistä, sanoi mies ivallisesti. – Vanha nainen oli taas kiinni omissa asioissaan, ressukka. Ei paha, vähän höppänä vain. Keneksi se äsken minua oikein luuli?

Vanhus kääntyi ja heitti mieheen pitkän ja paljon puhuvan katseen, lähtien sitten köpöttelemään kohti Kurkiniemeä ja siellä olevaa kesäravintolaa. Vielä oli vähän aikaa toimia, ennen kun ravintola tältä päivältä suljettaisiin. Kyllä siinä pari paukkua ennätti ottaa, jos

9

liukkaasti liikkui ja käytti jonossa ikänsä suomaa etuiluoikeutta, johon nuoremmat suosiolla taipuivat, mitä nyt vähän viisastelivat vanhemman väestön lisääntyvästä alkoholiongelmasta.

Yllättäen vanha rouva pinkaisi juoksuun ja paineli hetken häntä torvella kohti Asematietä. Mies näki, kun vanhus kääntyi, katsoi häneen ja huusi hengästyneellä äänellä: "Paholainen se tanssii hymyillen täällä keskellämme. Kenet se mahtaa viedä seuraavaan tanssiin"?

– Katohan muoria minkä teki. Ensin siinä jokelsi sekavia pitkään ja nyt... Ettekö ehtinyt jo kyllästyä sen horinoihin?

– Mitäs... Yksinäiset vanhukset kaipaavat juttuseuraa, eikä tuo minulta pois ollut, vaikka vähän kuuntelinkin. Sitä tosin ihmettelin, kun se aika kummasti varotteli minua jotenkin niin, että kannatti katsoa vähän tiuhempaan olkapäänsä yli, noin kuvaannollisesti sanoen. Ihan kun minua täällä jokin vaara uhkaisi.

Nuorukainen, jonka kanssa mies oli jo aiemmin vaihtanut muutaman sanan, oli miehen huomaamatta tullut takaisin sillalle. Toinen poika näytti tulevan vähän matkan päässä. Ei näyttänyt kala olleen syönnillään hänellekään.

– Että sellaista. Nuorukainen kaapi tossullaan sillan pintaa.

– Eipä tuosta suurempaa riesaa ole, jos vaikka vähän... Pysyypä niska vetreämpänä, kun välillä sitä vähän päätään käänteliskin. Se muori onkii kaikki asiat tietoonsa, sanoi vanhempi pojista. – Miten, sitä tuskin kukaan osaa sanoa. Se juttu siitä perhosen siiven lyönnistä sopii muorin tiedonhankintaan täydellisesti.

10

Mitään täällä ei tapahdu niin, etteikö se heti kohta ole muorin tiedossa ja varoittelu on hyvä merkki.

– Hyvä, ettei ihan silmille sentään lentänyt, sanoi poikakaksikosta toinen. – Tekee se joskus sellaistakin.

Mies oli hetken jutellut poikien kanssa jo aikaisemmin, ja silloin oli juuri tämä poika valittanut, ettei kala ollut ottanut onkeen kovasta yrityksestä huolimatta.

– Se asuu tossa radan toisella puolella ja tappelee muiden asukkaiden kanssa aina, kun on jostakin saanut napattua vähän hapanta. Se opettaa. Siis ei hapan, vaan tätiressu. Varsinkin nuorempia se opettaa oikein halusta. Siksi mekin mieluummin väistämme, kun jäämme jalkoihin, on se niin kähee akka ja tosi paha suustaan.

– Kyllä se toi mummo siihen tahtiin ottaa, ettei kieli välillä kuivahtaa ehdi, nuorempi pojista sanoa tokaisi kiukkuisesti. – Teitä tämä varmasti huvittaa, mutta sanonpa kuitenkin, että muoria kannattaa kuunnella, niin kiusallinen kun se onkin. Ei se tyhjästä varota. Eikä se neuvo taakseen vilkaisu voimia vaadi. Kyllä se sanonta pian itsensä ilmaisee, kannattaako huolta kantaa eli ei.

Sillalla seisoskellut mies hymyili pojille ja katsoi kelloa. Oli kulunut vasta kymmenen minuuttia siitä, kun hän oli katsonut sitä edellisen kerran.

– Ei tainnut tulla kalaa, vai mitä? Hän kysyi pojilta, vaikka hyvin näki, ettei kumpikaan kantanut kalan kalaa.

– No ei tullut ei, mutta onhan tuossa mukava heitellä. Jos vaikka joskus sattuisi järvilohi nappaamaan. On tästä niitäkin saatu.

– Oho! Ei sitä sinulla pieniä toiveita olekaan.

11

– Se on tää Jarkko sitä mieltä, että lohi on niin arvokas kala, että kannattaa pyytää vaikka tyhjästä järvestä.

– Eikse sitten sun mielestä ole pyytämisen arvoinen, mitä?

– No onhan se arvokala, toppuutteli varttuneempi kiihtynyttä nuorempaansa. – Mutta huomenna heitetään meidän rantaan katiskat. Sieltä kaislikosta on haukikalan nousu varmaa. Tää nyt oli tänään tällästä... Vaikka ei se tältä sillalta tai sen vierestä muutenkaan... Se kun on vapaa valinta ahvenella, käydä kiinni tai hylätä. Niin aina. Mutta koittaminenkin on kivaa, mitä?

– Kaloista ja kalastamisestahan sinä puhut? Ettet naisista?

– Sekin riippuu siitä niiden kohdalla, mitä...

– Turpa tukkoon kundi ja heti! Mee harjaan haivenias, jos et osaa kunnolla olla.

Vanhempaa poikaa harmitti nuoremman käytös ja hän tunsi myötähäpeää nähdessään, että tämä mukavan tuntuinen aikuinen mies hymyili hieman vinoon, vaikka ei hattuilla halunnutkaan.

– Katohan poikia, jutut jo kuin aikamiehillä. Muistakaa nyt kuitenkin, ettei mieheksi suuta pieksämällä tulla, mies opasti.

– Ei ole aikomuskaan, varttuneempi kaveri sanoi ja äänestä erottui jonkinasteinen loukkaantuminen. – Eiköhän Hemppa lähdetä menee? Mennään Koivugrillille ja ostetaan hampparit.

– Mikä ettei... eihän tässä sitten muuta kuin menoksi. Johan tässä on aika jotain napaansa kohden ängetäkin, maha pitää hirveetä kurinaa. Tiedäks mitä? Se pyytää ruokaa.

12

– Et lähtis mukaan? nuorempi pojista kysyi mieheltä. Hän tunsi mielenkiintoa tätä vierasta miestä kohtaan. Hän oli varma, että mies odotti naista. – Naistaan, hän korjasi mielessään.

–.Kiitos vaan, mutta minä tässä vähän niin kuin odottelen.

Miehen hymy oli lämmin. Silmäkulmista lähtevät viuhkamaiset rypyt olivat jotenkin miehekkään oloiset, vaikka mies oli vielä nuori. Hän hymyili paljon, Hemppa ajatteli. – Siitä nuo ennenaikaiset rypytkin tulivat. Hymyilemisestä, vaikka nyt mies oli enemmän totinen kuin olisi ollut tarpeen, Hemppa mietti tutkiessaan salaa vierasta miestä. Rypyt eivät valehtele ja ne kertoivat, että miehelle hymy ei ollut vieras. Silti tällä hetkellä miehen kasvot kuvastivat surua ja jonkinlaista ihmetystä.

– Menkää te nyt vaan. Jään tähän odottelemaan ja ihailemaan tätä upeaa kesäyön värjäämää maisemaa.

– Se on odottavan aika pitkä... Niin että tuu ny vaa, ei meidän kaa oo yhtään tyhmempää.

– Ja hitot! Tässä vielä vanhoja fraaseja jauhamaan. On kuitenkin hyvä muistaa, että kaikella oli aikansa. Odottamisellakin. Ja odottamisen tärkeydellä. Menkää te nyt vaan, tiedä vaikka tulisin perästäpäin.

Pojat ottivat virvelinsä ja lähtivät jättäen miehen omien ajatustensa pariin. Yht´äkkiä oli kaikki jotenkin tyhjää ja vähän katkeraakin. Mies mietti omiaan otsa rypyssä.

2.

Jäätyään yksin miehen ajatus palasi Minnaan. Minna oli muuttunut seurustelun alkuajoista. Tavallaan hän oli kuin toinen ihminen. Kumpi sitten oli oikea Minna? Sekö, jonka hän oppi tuntemaan vai tämä nykyinen, jotenkin pelokas, äkkinäinen, sulkeutunut ja etäinen tyttö. Kuitenkin etäinen niin, että se sai miehen ajattelemaan, että Minna olisi halunnut tai paremminkin tarvinnut miehen tukea, turvallisuutta ja lämpöä.

Outo se nykyisin oli, tosi outo. Ja mitä se silläkin tarkoitti, kun se sanoi, että "jos et tule ja ole paikalla sovitusti, niin... Mitä "niin"? Mitä se niin oikein tarkoitti? Eivät he mitään olleet sopineet. Minna vain pysäytti auton kylällä hänen kohdalleen, avasi ikkunan ja ilmoitti asiansa. Tai paremminkin käski ja katosi sen tien. Meni pois. Miehestä sana oli uhkaava, mutta ei sävy, millä Minna sen sanoi. Ilmaisussa oli jotain epätoivoista, jotain tuskan täyttämää ja pelokasta.

On tämä kumma kylä. Ihana, kaunis ja hellä Minna muuttuu kuin taikaiskusta säikyksi, puhumattomaksi ja torjuvaksi, kun taas noita-akan näköinen vanha ja ikävä akka käy sitäkin suulaamaksi kaikenkarvaisine uhkailuineen ja varoituksineen. Oliko tässä lainkaan kyse Minnasta? Jospa joku tai jotkut... Ehkä Minnaa säikyteltiin vieläkin jonkin päämäärän saavuttamiseksi?

Muistellessaan iltapäiväistä tapaamista, mies ei voinut välttyä ajattelemasta, että Minnalle oli tapahtunut

14

joskus aiemmin jotain ilkeää, jotain, jonka maksumiehenä Minna nyt oli. Hän tiesi itse olevansa syytön Minnan kurjuuteen, mutta syytön se saattoi olla Minnakin. Joku oli käyttänyt häntä hyväkseen tai pettänyt hänet? Uhannut häntä? Joku mies? Ihan varmasti joku mies. Jarmo muisti aikaisemminkin ajatelleensa, että Minna säikkyi miehiä. Ja niin se oli. Miksi?

Mies muisteli heidän ensitapaamistaan motellilla. Minna oli ollut niin vilkas ja nauravainen, niin lämmin ja sytyttävä Minnan käsi oli ollut hänen hartiallaan. Niin tuttu, vaikka kuitenkin vieras. Tuttu jostain kaukaa, mutta kuitenkin läheltä. Ensitapaamisen jälkeen kaikki oli mennyt hyvin pari ensimmäistä kuukautta, jopa onnellisesti, mutta sitten yhdessäolo oli alkanut rakoilla. Hän oli yrittänyt miettiä ja tutkailla, mistä muutos johtui. Oliko se Minnan mielestä kuitenkin hänen syytään? Jotain, mitä hän oli tehnyt tai sanonut? Vielä nytkin hänestä vahvasti tuntui siltä, että nainen pelkäsi jotain, mutta mitä? Sitä hän ei ollut onnistunut selvittämään ja kun hän oli yrittänyt puhua asiasta, Minna oli tylysti kääntänyt hänelle selkänsä ja jyrkästi käskenyt häntä olla puuttumatta omiin yksityisiin asioihinsa. Ja hän oli jättänyt asian sikseen.

Ensitapaamisen ajattelu toi miehen mieleen tiukemmin Minnan käyttäytymisen. Silloin Minna oli vähän myöhäisemmässä vaiheessa kavahtanut jotain heidän ollessaan Nurmaan lavalla. Silloinkin hän oli katsonut tarkasti ympärilleen, mutta ei ollut nähnyt mitään erikoista, tanssilattialla tai läheisissä pöydissä.

– Mitä nyt? hän oli kysynyt. Mitä meille on tapahtunut? Mitä meille olisi tapahtunut?

15

– Ei mitään! Kuvittelet joutavia. Minua vain vähän paleltaa, kun villatakkikin jäi kotiin. Voisimmeko lähteä pois? Sopiiko se sinulle?

– Kai sen on sovittava, vaikka tuskin olemme saaneet pääsymaksun maksettua, saati edes ehtineet lavalle.

– Jää sinä, kun mielesi tekee, riittäähän täällä noita tanssitettavia! Ja kyydin minä kyllä täältä jostakin löydän, siitä voit olla varma, oli Minna tiuskaissut.

Ja kuitenkin ihan varmasti oli tapahtunut jotain, jotain jota Minna säikähti ja pelkäsi ja juuri siksi hän halusi pois lavalta. Hän oli sivellyt Minnan selkää, ei niin kuin sänkyyn himoava mies, vaan kuten isä tai isoveli, silloin kun halusivat rauhoittaa lasta. Samoihin aikoihin joskus toukokuussa Minna oli alkanut vaatia tapaamisia mitä merkillisimmissä paikoissa. Enää ei käynyt Minnan koti, mutta ei kelvannut hänenkään luukkunsa, ei hänen eikä Minnan kesämökki. Ihan kuin Lähteen äveriäs tytär olisi halunnut salata ympäristöltään heidän seurustelunsa. Ja varmasti halusikin. Häpesikö Minna duunaria? Ei, ei se sitä ollut, ei Minna sellainen ollut. Välillä he olivat ajelleet autolla ilman päämäärä. Pysähdelleet ja istuneet autossa pitäen toisiaan kädestä. Joskus kuin varkain suukotellen. Ja samalla jotenkin epätoivoisesti pitäen kiinni toisistaan. Puhumattomina ja osaamattomina kuin lapset.

Kaksi aikuista ihmistä toisiaan kiusaamassa.

Miehestä oli tuntunut, että hänen oli pakko sanoa jotain, pakko puhua tämä asia selväksi, mutta vaikka hänestä tuntui siltä, että sanat puskivat poskien läpi, suusta hän ei silti saanut niitä ulos ja samoin oli varmasti Minnankin laita, ihan samoin.

Ei Minnakaan kyennyt murtamaan tukahduttavaa ja tuskaista hiljaisuutta. Minna oli niin oudolla tavalla kaunis. Ei niin kuin julistetaan missikauneutta, ei. Minnassa kaikki oli erilaista. Jotain, jota hän ei osannut selittää. Lyhyt polkkatukka heilahti välillä Minnan kertoessa jotain hänelle sattunutta mieluisaa asiaa, puhtauttaan kiiltävä tukka heilahti kuin virman varsan harja. Nauraessa Minnan silmät siristyivät ja kävivät hieman vinoiksi. Välillä hän painoi pienen, suoran ja kaunismuotoisen nenänsä sormella lyttyyn ja huomattuaan mitä oli tekemässä, nauroi tikahtuakseen kuin paremmallekin jutulle.

Raha! Raha, rakkaus, mustasukkaisuus ja omistamisen halu! Nehän ne olivat kuuluisimmat ja yleisimmät syyt riitoihin ja lähimmäisen hengenlähtöön. Hän oli varma, että raha se oli, joka tunki heidänkin väliinsä. Ei tietenkään hänen rahansa, eihän hänellä ollut rahaa kuin palkkapussinsa verran. Omaisuuttakin vain vaatimaton kesämökki ja pieni kaksio keskustassa. Minnan raha tai rahat, Minnan omaisuus tässä oli kyseessä. Minna varmasti luuli, että hän niiden rahojen perässä… Että hän olisi Minnan isän jättämän perinnön perässä. Minna ei uskaltanut luottaa, vaikka hän oli moneen kertaan vakuuttanut, ettei hän ollut kiinnostunut Minnan rahoista, Minna sai rauhassa suojata omaisuutensa kokonaan itselleen. Sitähän ne lain mukaankin olivat. Minnasta itsestään hän oli kiinnostunut.

Joku oli tuhonnut Minnan uskon ihmisiin, miehiin vallankin. Roisto, kuka lienee? Hän tunsi samanaikaisesti katkeruutta ja ikävää. Ikävää sitä Minnaa kohtaan, joka oli ollut niin hellä, niin iloinen ja lämmin, niin lohduttava ja rakas ja jonka hän oli menettänyt.

17

Kun menettää jonkun, jota syvästi ja vilpittömästi rakastaa, se tuska ei hellitä koskaan, mutta mistä tuo mustasukkaisuus ja hengenlähtö oli nyt mieleen juolahtanutkin? Mies oli ehtinyt kävellä hiljakseen sillan keskivaiheelle, kun hän yllättäen lyyhistyi polvilleen. Laukauksen ääni kiiri kerrostalojen seinistä pelottavan uhkaavana, mutta sitä ei sillalle lyyhistynyt mies enää kuullut.

Hän oli kuollut ennen kuin pää osui siltalankkuihin.

3.

Kummallisen vähän ampumisesta puhutaan, rikosylikonstaapeli Harri Kääpä mietti seisoessaan ikkunan edessä katselemassa ulos. Hän hahmotti tai paremminkin näki mielessään tuon mystisen murhan. Että joku voitiinkin ampua kiväärillä kylän keskustassa keskellä päivää. Kääpä näki kuvien etenemisen hetkestä toiseen. Näki suoraryhtisen ja hoikan, mutta jäntevän nuoren miehen tutkimassa niin sanottuja rakkauden lukkoja, näki saman puolitutun miehen hieman hermostuneena odottamassa sillalla ja vilkuilemassa vähän väliä kelloaan. Odottamassa, mitä?

Kääpä jatkoi mielessään tapahtuman kuviota. Ensin mies käveli kaikessa rauhassa siltaa myöten kohti Asematietä, selkä kunnantalolle päin. Hän kumartui katsomaan sillan vasemmalla sivulla olevaa, jykevää ja isoa sydämenmuotoista, aitaan kiinnitettyä ja muista erillään olevaa lukkoa. Kääpä arveli, että siinä se oli tämän miehen ja Lähteen Minnan rakkauden lukko. Jos oli. Eihän heidän seurustelustaan ollut minkäänlaista varmuutta. Jos oli rakkautta, se oli hyvin peiteltyä. Mutta miksi?

Rakkaus, joka kaikin tavoin ja erilaisin konstein oli pyritty salamaan kyläläisiltä, oli tosi kummallista. Tavallisestihan rakkaus pyrki ulos piilostaan ja sitä huudettiin kovaan ääneen maailmalle. Tätä rakkautta taas salattiin, olettaen, että kyseessä oli rakkaussuhde, joka jostain syystä täytyi salata kyläläisiltä. Niin kuin se nyt olisi ollut mahdollista. Päinvastoin. Piiloteltu suhde oli äärimmäisen kiinnostava ja jos kylällä sellainen havaittiin, sitä seurattiin kuin television jatkokertomusta. Miehen selkä oli edelleen kunnantalolle päin, kun hän nousi ja ylös, ja ojensi selkänsä suoraksi. Samalla, juuri siinä hetkessä, joku ampui. Mieheen osui ja hän lyyhistyi sillalle. Niin sen on täytynyt tapahtua, Harri Kääpä mietti. Ei ollut muuta mahdollisuutta.

Ja niin se oli eittämättä tapahtunut. Eikä ainuttakaan silminnäkijää paikalla, mutta silti.

Kääpä yritti selventää tapahtumien kulkua mielessään. Noin ajatellen kaikki tuntui niin yksinkertaiselta, mutta kun asiaa alkoi tarkemmin katsoa, kaikki muuttui sokkeloisen epämiellyttäväksi. Tällaista ei yksinkertaisesti tapahtunut Mäntyharjussa.

Hän yritti etsiä ajatusketjustaan aukkoja tai epäjohdonmukaisuuksia, niitä kuitenkaan löytämättä. Hän näki selkeästi sisäänpäin kääntyneellä katseellaan tapahtumat edessään ja ihmetteli, miten hitaasti ihmisiä silloin oli alkanut kerääntyä paikalle.

Poliisin saapuessa oli tapahtunutta ihmettelemässä vain muutama ihminen. Nuoret kalastajat olivat laukauksen kiiriessä siltaan selin, mutta pysähtyivät heti, laukauksen kuultuaan ja lähtivät juoksemaan kohti sillalla kummallisessa asennossa makaavaa miestä, jonka he hetki sitten olivat jättäneet odottelemaan naistaan. Tai niin he ainakin olivat olettaneet, uskoneet ja luulleet. He olivat lähinnä tapahtumapaikkaa, mutta eivät nähneet mitään, koska olivat selin tapahtuneeseen. Mutta ei nähnyt mitään nuori nainenkaan, joka tuli rautatieasemalta ja oli vielä kaukana sillasta. Ja tapahtuma jäi epäselväksi myös mieheltä, joka vaimonsa ja pienen poikansa kanssa oli sahamuistomerkin kohdalla ja siinä tapahtuman sattuessa paikalla olleet sitten olivatkin.

Tuskin yhtään, jota voisi sanoa tapahtuman todistajaksi. Se tietysti oli toisaalta hyvä asia, joskin outo ja epätodellinen. Tavallisesti sai pähkäillä, miten tieto saattoi hetkessä levitä ympäri kylää ja ihmisiä pakkautua paikalle pilvin pimein ihan kiusaksi asti. – Jos nyt olisi ollut silminnäkijä, olisiko tämä säilynyt hengissä vai olisiko hänetkin ammuttu? Kääpä kysyi itseltään.

Ovelta kuului koputus ja Kääpä kiirehti ikkunan edestä pöytänsä taakse ja ehti istahtaa juuri kun Repe Ruotsalainen astui huoneeseen.

– Siinä se nyt on! Ruotsalainen sanoi ja lämäytti Käävän pöydälle pinon paperia.

Vaikka asia oli äärimmäisen vakava, nuoren miehen kasvoilla leikki hymy, eikä Kääpä raaskinut sammuttaa sitä. Muutenkin tällä työmaalla näki hymyilevän ihmisen ylen harvoin niin asiakkaiden kuin henkilökunnan puolelta.

– Se on aika jännä ja vähän kummallinenkin tämä Siltalan lähihistoria. Sitä minä erikoisesti kummastelen, että kundi, jolla on kaikki hyvin, kuljeskelee tuolla vapaana ilman, että kylällä osattaisiin sanoa asiaan mitään. Seurusteleeko vai eikö seurustele? Sitä ne kylän ämmät pyörittelee, mutta eivät jaksa viedä asiaa loppuun asti. Luulis ihan tosissaan, että sitä olis melko tomerasti jo kiskottu kohti vihkipallia. Ja ainakin kouluaikana se oli tyttöjen ykkössuosikki. Mikä siihen nyt on mahtanut tulla?

– Jaa... Tiedä häntä. Tehän olitte samalla luokalla. Ei tainnut sitten olla kovin aikaa vievää tai väsyttävää tämä tietojen keruu Siltalan elämästä kylällä.

– Mitäs... mutta ennen kun alamme ruotia Siltalan tietoja, haluaisin kertoa sinulle vähän, mitä kuulin Kaneliässässä. Kävin siellä ohimennen juomassa pullakahvit, kun se myrkky, mitä täällä saa, sulattaa hampaatkin suusta. Törmäsin siellä mielenkiintoiseen naiseen. Olen ihan varma, että tämä näkemäni naisihminen selvästi hätkähti tai paremminkin säikähti syyllisen oloisena tajutessaan, miten lähelle pöytääni hän oli tulossa. Siinä oli ihan aitoa sellaista vanhanaikaista poliisin pelkoa, siinä kohtaamisessa. Nainen käännähti äkisti Tytti Heimolaan päin, joka kantoi heidän yhteistä tarjotintaan vaikean ja häkeltyneen näköisenä. Hänenkin katseensa pysähtyi minuun, mutta ilme ei muuttunut juuri mitenkään. Hän vain nyökkäsi tervehdykseksi ja asettui kannettaviensa kanssa viimeiseen nurkkapöytään. Olen tasan varma, että Harjunmäen emännän olemus viestitti pahanlaista syyllisyyttä.

– Sepä mielenkiintoista.

– Eikö olekin. Erittäinkin mielenkiintoista.

– En minä siitä kyllä mitään saanut irti, kun yritin sitä puhuttaa. Itkuahan se alkoi vääntää heti ja selittää, miten heikompien päälle käydään heti."Kävisitte edes kunnan pohattojen kimppuun, mutta ei, nehän saa tehdä mitä lystää, ei se korppi korpin silmää noki, vaikka näennäisesti eri leiriä oltaisiinkin". Jotain tuollaista se minulle mäkätti, enkä jaksanut sitä silloin oikein kuunnellakaan, kun oma päivänikään ei ollut niitä parhaimpia. Otan sen aamulla uuteen puhutteluun. Se on tämä Harjunmäki niin juoni muija, ettei se selkokielellä minulle kyllä mitään kerro, mutta voidaanhan tuota yrittää. Jos en onnistu, niin heitetään seuraava ukko tuleen.

4.

Leena Harjunmäki pyöritti lusikkaa mukissa varsin vinhasti. Hän oli vieläkin hieman pöllähtänyt eilisestä olostaan poliisitoimistossa ja äskeisestä yllätyksestä Ruotsalaisen pojan kanssa, vaikka hän oli jo tovin istunut Tytti Heimolan kanssa kahvilla Kaneliässässä ja valuttanut Tytin niskaan päällimmäiset surkeutensa, niin että kielikin oli käynyt kuivaksi ja karheaksi ja suorastaan väsynyt jatkuvasta lärpätyksestä. Jospa siihen kahvi vaikka auttaisi.

Paremmin sydäntä tietysti rauhoittaisi, kun kävisi naistenhuoneessa imaisemassa pikku flindarista kunnon konjakkipaukun. Sen hän päätti tehdäkin ihan kohta, heti kun tuo Ruotsalainen häipyisi paikalta. Sekin sekoitti mieltä, että tuo Ruotsalaisen poliisiksi herennyt poika, mikä ylikonstaapeli se nyt sitten olikaan, oli saada hänet syliinsä, kun hän ajatuksissaan ei huomannut katsoa, mihin oli menossa. Onneksi hän selvisi siitä! Vaikka täpärällä se oli. Meinasi siinä äkkipysäyksessä tulla Tytin tarjottimelta kahvit niskaan. Mutta totta kai hän oli säikähtänyt. Entä jos tuo poliisi oli pantu häntä kyttäämään. Mitä sitten? Miten se suu silloin pantaisiin?

Suunnattomaksi helpotukseksi Leena Harjunmäki näki Ruotsalaisen poistuvan kahvilasta taakseen katsomatta.

– Sinne meni... Ehkä se ei edes tiennyt, että Marttinen oli kutsunut hänet eilen laitokselle kuultavaksi,

24

koska joku kylän akoista oli kuulemma kuullut hänen ja Helvi Heinäsuon puhuneen jotenkin tietävästi.

– No, mikä tuli? Tytti Heimola kysyi huolestuneena. Leena oli käynyt kalpeaksi ja hänen hengityksensä entistäkin tiukemmaksi. – Voitko huonosti?

– Ei tässä mitään. Odota hetki, niin käyn tuolla vessassa.

– Menee ottamaan huikat, Tytti ajatteli. Ja miksei menisi, jos siitä kerran on apua?

– Anteeksi nyt, että jouduit odottamaan, Harjunmäen emäntä sanoi palattuaan huolestuneena.

Hän ei vielä ollut päässyt edes alkuun kertoakseen asiaansa Tytille ja aivan varmasti Tytti alkoi olla kyllästymisensä äärirajoilla jo tässä vaiheessa.

– Käyn hakemassa toiset kupit kahvia ja kerron sinulle sitten asiani.

Leena Harjunmäen onneksi Tytti Heimola oli sattunut äsken paikalle Ärrään, kun hän oli hakemassa passiaan. Leenasta tuntui turvalliselle, että vierellä istui tuttu ja aina ystävällinen ihminen, joka ei vaihtanut tien toiselle puolelle, kun hän tuli vastaan. Sellaistakin kun sattui. Se tuntui hänestä hirveän pahalta, se sellainen, vaikka hän ymmärsikin, että omalla loppumattomalla hölötyksellään hän karkotti kanssakulkijat viereltään. Eihän kukaan jaksanut jäädä kuuntelemaan hänen yhdentekeviä juttujaan. Varsinkaan, kun hän tuskin raatsi antaa toiselle puheenvuoroa. Kuten ei nytkään. Sitä oli arkena ihmisillä muutakin tekemistä, kun istuskella baareissa kahvilla. Useimmat yrittivät ehtiä hoitaa ruokatunnillaan hoitamattomat asiansa kaupoissa ja virastoissa, ei siihen väliin minulla pitäisi olla mitään asiaa, ehtisihän sitä paremmallakin ajalla löytää

25

puhekumppanin, jos oli löytääkseen, mutta kun tekisi niin mieli puhua. Oli melkein pakko puhua, kun nyt oli ihan oikeaa asiaakin, vakavaa sellaista vielä. Tytin kävi sääliksi vanhempaa naista, joka katsoi häntä jotenkin surullisesti, mutta myös viekkaasti. Tytti puolestaan sääli Leenaa, joka kaikesta hölöttämisestään huolimatta oli varsinainen työjuhta niin Martoissa, seurakunnassa kuin Punaisessa Ristissäkin ja ties missä muualla. Sellainenhan Leena oli, joka paikan höylä, joka ei voinut olla tyrkyttämättä seuraansa. Tytti oli sentään vielä ystävällisesti lähtenyt hänen kanssaan Ärrältä kahvillekin, kun sai lottohommansa hoidettua. Olisihan sitä voinut Ärrälläkin hörpätä kupposen, mutta turhan levotonta siellä oli. Noin puhumista ajatellen. Pieni tila, paljon väkeä. Puhu siinä sitten.

– Kiitos, Tytti, kun olet ollut näin kärsivällinen ja olet jaksanut kuunnella tällaista höpöhöpöä. Ihme että se Seppo kestää pulinoitani, Leena Harjunmäki vuodatti Tytille. – Vaikka ei se hirveästi ole kotona. Ne miniän kanssa viihtyy paremmin siellä miniän asunnossa. Ja minä pelkään, että kohti vanhuutta mennessä minusta tulee ihan höppänä. Johan minä nytkin toisinaan saan itseni kiinni yksin ollessa ääneen puhumisesta, Leena selitti totuudessa. – Sellaista se on, kun sitä asuu siellä metsässä. Väkisin tulee tarve tavata muita ihmisiä. Vieraitakin käy hyvin harvakseen.

Leena puolusteli itseään, mutta samalla hän oli äärettömän otettu tilanteesta. Niin ja mikä tässä nyt olisi hätänä ollutkaan, kun Tytti osasi kuunnella niin kauniisti ja keskeyttämättä. Leena Harjunmäki korjasi rintaliiviensä kannatinta, joka tahtoi aina valahtaa alas raskaiden rintojen painosta, mutta huomasi sitten Tytin ilmeen.

– Tuo minun hengästyminen... Se johtuu sydämestä, kyllä se kohta siitä tasaantuu, jos sitä ajattelet, Leena selitti puuskutustaan siinä Tytin edessä tepastellen kuin västäräkki kyntömiehen takana. – Pakottaa väkisin vähän ottamaan suihketta, mutta mitäpä siitä, se on niin kuin se on. Nyt istumaan ja kahvit pöytään, niin kerron sinulle kummia.

– Niinkö? Ne "kummatko" ovat saaneet sinut noin pois tolaltasi? Tytin otsalle ilmestyi pystyrypyt ja silmiin syttyi huolestunut, tarkkaavainen ilme. Hän suorastaan pelkäsi, mitä Leenan suunnalta oikein oli tulossa.

– Katsos, kun minä satuin viime viikolla tapaamaan Helvin, muistathan sinä Helvin?

– Tietysti. Tietysti minä nyt Heinäsuon Helvin muistan.

– No hyvä. Katsos kun Helvi selvitti minulle silloin tavatessamme, että joku sieltä heidän kyliltä oli kertonut hänelle, että Lähteen patruunan, sen isorikkaan, jäämistöä ei voida arvioida tai siis sitä ei kyetä tekemään sitä perunkirjoitusta joidenkin isojen epäselvyyksien vuoksi.

– Odotahan, Tytti pisti väliin. – Miksi sinä kutsut Lähteen edesmennyttä isäntää patruunaksi?

– Enhän minä yleensä, en tavallisesti, kuolleesta miehestä en varsinkaan, mutta kun minä siellä poliisilaitoksella jouduin käymään. Joku oli kuullut minun ja Helvin puheet ja pitänyt niitä siihen Jarmo Siltalan tappoon kuuluvina ja ilmoittanut poliisille, että me tunnuimme tietävän jotain Siltalan taposta.

– Miten ne nyt siihen liittyivät? Mitä te sitten oikein puhuitte?

– Siitä kuolemastakin me puhuttiin tietysti, kaikkihan siitä puhuu ja sitä ampumistakin ihmeteltiin, että mistä saakka se olisi pitänyt laukasta ja millaisella

27

aseella, jotta olisi osunut ja kuolemaksi käynyt. Helvin Vihtori oli sanonut, että ainakin piti olla ihan viimeistä huutoa sellainen ase, kun ampumamatka oli oletettavasti melkoinen. Enhän minä niistä aseista mitään ymmärrä, mutta Helvi on niiden perään ihan mahoton. Ihan kerta kaikkiaan mahoton. Siitä Vihtorista se tietysti johtuu. Varsinkin nyt, kun valitsivat sen Helvin riistapäälliköksi. Nyt se Vihtori kulkee rinta rottingilla kuin torin pulu. Meinattiin puhelimessa Helvin kanssa eilisiltana, että kai tämä ilmiantaja, kuka sitten lienee, on pienessä vaivaisessa päässään hautonut aikansa ja tullut siihen tulokseen, että meillä olisi Helvin kanssa asiasta enemmänkin tietoa ja kipittänyt poliisin pakeille. Mitä tietoa meillä muka olisi ollut? Leena Harjunmäen käytös vaihtui jotenkin ovelaksi.

– Se Minnahan siellä Lähteellä on setänsä ainoa perillinen, veljentytär kun on ja kuka sitä nyt itsensä kanssa riitelee. Sillä tytöllä ei ole sisaruksia eikä serkkuja, mutta tietysti sillä pohatalla, siis tällä veli-Jalmarilla saattaa olla se sellainen testamentti, jolla voi antaa rahansa kelle lystää, kun ei ole niitä omia lapsiakaan elämän varrella sattunut siunaantumaan. Tuskin kuitenkaan. Ainahan tämä Minna on ollut hyvin tärkeä sekä isä-Juholle että setä-Jalmarille.

– Kyllä se ainakin minulta ihan hyvin onnistuu, se itsensä kanssa riiteleminen, Tytti sanoi ja hymyili herttaisesti. – Poliisi siis halusi kuulla sinua, koska heidän tietoonsa oli tullut, että sinä jotain tietäisit tästä Jarmo Siltalan taposta ja Minna-paran perintöasioista, niinkö se oli?

– Niin no, jotenkin noin sen on täytynyt mennä. Poliisi ei kyllä siitä perintöasiasta juuri sanonut mitään. Hyvin vähän ne siitä... Mutta minäpäs tiedän, että se taitaakin olla niin, ettei Jarmoa aiottukaan ampua vaan ihan toinen mies! Siinä ei Jarmo paran kuolemassa ollut mitään järkeä. Kerta kaikkiaan ei niin mitään järkeä. Niin kiltti ja mukava mies. Saan kuitenkin tämän kylän vielä hämmästyksestä selälleen, kun kerron julki tietoni.

– Älä nyt hyvä ihminen sellaisia...

Vaikka Tytti Heimola ensin ajattelikin selvittää Leenalle, kuinka paha juttu oli levittää perättömiä höpinöitä pitkin kylää ja jos ne taas olivat tosia, ne piti hetimiten mennä kertomaan tutkijoille, mutta sitten kuitenkin uteliaisuus voitti, olivathan tilanne ja puheenaihe mitä herkullisimmat. Hieman käytöstään häveten hän kysyi Leenalta suoraan, mitä tällä oli mielessä.

– Ovat kylällä alkaneet puhua, että se Jarmo ja Lähteen Minna olisivat seurustelleet. Ja sehän nyt ei pidä lainkaan paikkaansa, Leena selitti punehtuneena ja löi kämmeniään yhteen tiuhaan tahtiin. – Jotain yhteisiä hommiahan niillä tuntui olevan, mutta seurusteluun se ei liittynyt, vaan jonkinlaisiin liiketoimiin, jos niistä niin voi sanoa. Suoraan sanoen ja ihan ilman tunteilua se liittyi rahaan. Ne vaan näytteli, että muka olisi muutakin... Kuuluu se Jarmo sanoneen, että näyttelee vaan kylän kiusaksi sulhasmiestä, joka jallittaa rikkaan tytön vihille ja pääsee käsiksi isoon omaisuuteen. Tiedä sitten, olisko siinä perää. Minä olen ihan tykännyt, että se Jarmo olisi toimen mies. Mutta jos siinä pääsis ison omaisuuden puolittajaksi, saattaisi sitä ottaa loppuelämänsä helpommin. Siis niin kuin vähän kevyemmin.

– Miten niin pääsisi? Minnan omaisuus on Minnan omaisuutta mahdollisesta avioliitosta huolimatta. Kyllä sen Siltalan on täytynyt se tietää, eikä se ole muutenkaan tuollainen halpamainen tyyppi, joka toista häpeilemättä

29

jallittaisi. Miksi se olisi ruvennut näyttelemään rakastunutta? Ihan älytöntä!

– Sellaistahan se elämä on tavallaan, kuin näyttelemistä, Leena sanoi hiljaa ja katsoi katsettaan kohottamatta edessään olevaa kahvimukia. Hän oli varma, että kohta Tytti hyppäisi pystyyn ja lähtisi, eikä jäljelle jäisi kuin sininen savu. Liikaa hän oli jo sitä yhteen syssyyn puheillaan kiusannut.

– Jokainen käy vuorollaan sanomassa lavalla vuorosanansa ja poistuu. Niinhän sille Jarmolle just kävikin. Hän esitti osansa ja poistui näyttämöltä. Eikä siinä kaikki. Se kuulemma tämä Peltosen Petterikin on ollut samalla asialla, siis muka seurustelemassa Minnan kanssa. On mies tiettävästi ihan sekaisin Minna-tytöstä ja höpöttää pitkin kyliä, että he sitten taas Minnan kanssa enempi alkavat tapailla, kun se suruaika sedän kuolemasta on ohi ja että hän ei kuulemma tiedä, kestääkö hän tämän melkein kokonaisen vuoden ilman Minnaa.

– Voi, voi sentään. Se on tuo rakkauden tauti joskus niin rujoa ja raadollista, mutta on siitä niin mukava kuunnella kun muut sen kanssa kituvat. Rakkaudesta jutellessa ihan herkistyy, mutta kuules nyt Leena, kun minun pitäisi lähteä, käydä vielä kaupassa ja mennä kotiin. Kas kun olen saikulla ja jos sattuu joku työkaveri nyt töistä lähtiessä näkemään, että me täällä vaan kahvittelemme ja seurustelemme, enkä minä ole ollenkaan niin sairas, etten kylälle pääsisi, niin ikäviä juttuja siitä taas työpaikalla tulee. Vaikka missään ei sanotakaan, että sairaslomalla pitää pysyä tiukasti kotona ja hiljaa petissä.

– Niin, niin. Niin justiinsa. Ymmärränhän minä sen. Sitä ovat ihmiset niin matalamielisiä, heti toisia

30

arvostelemassa, mutta maltas nyt kuitenkin vielä hetki. Tiedäthän sinä, ettei kukaan ota minua oikein tosissaan, etkö tiedäkin? Kyllä minä tiedän, että räpäakaksi minua täällä kylällä selkäni takana sanotaan, mutta olen minä sellainen räpäakka, että saatan tietää kuka sen Siltalan Jarmon ampu ja ihan keskellä päivää tai ainakin sen tiedän, miksi se ammuttiin, juu, että sillee. Ettähän sellainen akka minä olen, juu. Ja senkin tiedän, ettei Siltalaa ollut edes aikomus tappaa, se taisi kuolla ihan vahingossa. Juu niin, mitäs siihen sanot? Mitä?

– Voi hyvä ihminen sentään! Sinähän olit siellä poliisilaitoksella vai mikä poliisitoimisto se on. Miksi sinä et puhunut niille, sitä vartenhan sinut sinne oli kutsuttu, eikö ollutkin? Ja jos sinulla on ihan oikeesti, ymmärräthän, siis ihan oikeesti noin tärkeää tietoa, sinun olisi ehdottomasti pitänyt kertoa se poliisille. Mitään höpöhöpöä tai suurta satua ei taas parane mennä poliisille selvittämään. Eikä sellaisia juttuja, jotka joltain kolmannelta olet kuullut ja itse jo niitä himphamppuna pitänyt. Etkös sanonut, että sinua jututti se Marttinen? Sehän on sellainen helläluontoinen mies, helppo sen kanssa olisi ollut puhua. Mitä jos lähtisit nyt takaisin ja kertoisit tämän mitä minullekin niin Marttiselle tai jollekin, kuka poliiseista siellä nyt on ja lisäksi vielä sen, mistä olet tietosi saanut. Sovitaanko niin?

– Tiedä nyt vallan sopia... Ajattelin ensin mielessäni miettiä, mitä kaikkea täällä kylällä oikein tapahtuu, mutta ole huoleti, kyllä minä vielä kerron... Kerronhan minä... ajallani... kun on enemmän ja ihan oikeaa tietoa.

– Katsos Leena, kun asia on niin, että jos sinulla on niitä tietoja, kuten kerroit, niin saatat hyvinkin olla niine tietoinesi vaarassa. Kun on kerran tappanut, toisen kerran

31

se on helpompaa. Paljon helpompaa, uskoisin. Älä leiki näin vakavalla asialla, äläkä lähde jakamaan tätä enää kylälle, vaan painele joutuin sinne poliisitoimistoon. Täytyyhän sinun ymmärtää, että velvollisuutesi on tuoda tietosi esille. Poliisityön hankaloittamisesta seuraa rangaistus. Ja muista nyt, että asiat joista kerrot, pitää olla todellisia, ei mitään juorukalenterista repäistyjä.

Tytti tunsi piston omassa tunnossaan. Eihän hän tiennyt, olivatko Leenan tiedot edes oikeita vai hankaloittivatko ne virkavallan työtä vai olisiko niistä todella apua?

– Suutuitko sinä minulle, Leena Harjunmäki kysyi Tytti Heimolalta kiihtyneenä. – Ei minulla ollut tarkoitus pahoittaa mieltäsi. Taisin vain niin innostua, kun kerrankin joku ... Kiitos, Tytti, että lähdit kanssani kahville. Ja kiitos kun olen saanut puhua. Älä ole huolissasi. Kyllä minä otan yhteyttä siihen Marttiseen tai vaikka Kääpään. Sen Häkkisen Kallen tunnen tietysti parhaiten, se on eläkkeellä, mutta muita minä suoraan sanoen kyllä aristelen aika tavalla. Kyllä minä puhun poliisille. Vaikka Häkkiselle, kyllä se sitten Kalle osaa sanoa mitä pitää tehdä ja miksi. Kyllä puhun, mutta ensin minun on toimitettava pari asiaa.

Tytti Heimola oli jotenkin syvästi järkyttynyt. Hänen luonnonvaalea tukkansa oli jatkuvasta haromisesta pystyssä ja silmissä oli epätoivoinen katse. Hän pyöritti päätään puolelta toiselle, kuin olisi uskonut jonkun hyökkäävän niskaansa siinä siunaamassa hetkessä.

– Pahuksen Leena! Tytti puuskahti puoliääneen harmistuneena. – Vaikka oma syyni! Pitikö minun pistää nenäni tähänkin juttuun. Eikö silloin, kun Leena halusi kertoa minulle kummia, viimeistään olisi pitänyt lähteä litomaan kiireisiini vedoten, viimeistään silloin.

Tytti taisteli itsensä kanssa ja veti tupakkaa lyhyin kiihkein vedoin. Monet kutomokerholaiset olivat jo aikaa lopettaneet pussuttelun ja toiset eivät olleet koskaan olleet edes aloittaneet, joten tällaisena yksinäisenä paheiden harjoittajana hän tunsi itsensä kelvottomaksi ja alemmuudentuntoiseksi. Miksi, sitä hän ei kyennyt edes itselleen selittämään. Hän istui autokatoksessa puulaatikon päällä ja katseli valtion virastotaloa närkästyneen näköisenä, ikään kuin se, että häntä kiukutti oma tyhmyytensä ja saamattomuutensa, olisi ollut virastotalon tai paremminkin siellä olevien poliisien syy. Tytti huokasi syvään. Hän oli yrittänyt pakottaa Leenaa menemään heti poliisin luo tietoineen, jos ne olivat oikeita ja sinänsä aidosti Siltalan Jarmon kohtalosta kertovia.

No, nyt ne tiedot olivat myös hänellä. Pitikö hänen jäädä kuuntelemaan sen juorusiepon juttuja! Entä jos Leena jättää kertomatta? Eikä hänkään kerro, mitä Leenalta kuuli? Olihan Leena sellainen hölöttäjä, mutta nyt sillä ei ollut sellaista juoruilun tuntoa jutuissaan, paremminkin oveluutta ja jonkinlaista avunpyyntöä. Leena oli jotenkin voitontahtoisen tärkeilevä ja juuri se Tyttiä kiusasikin. Ihan kuin Leena Harjunmäki olisi nauttinut tilanteesta koko rahan edestä. Hän oli kerrankin tämän kylän tähti. Eikä vain tämän kylän. Kohta alkaisi sadella haastattelupyyntöjä. Tieto leviäisi koko maahan ja hän olisi ainakin tuokion jonkin asteinen julkkis. Nainen, joka ratkaisi ikävän henkirikoksen. Tai ainakin auttoi poliisia sen ratkaisemisessa. Jos tiedot olivat oikeita ja tutkinnan kannalta tärkeitä, hänen tehtävänsä oli kävellä tuohon vastapäiseen taloon ja kertoa Leenasta ja hänen tiedoistaan poliisille. Se oli hänen velvollisuutensa, sillä hän ei hetkeäkään ajatellut, että Leena olisi hänen kehotuksestaan huolimatta mennyt poliisin puheilla.

Hän oli sanonut Leenalle, että tämä saattaisi olla vaarassa kaikkine tietoineen, mutta entä hän itse? Samat tiedothan hänelläkin nyt oli. Vaaniko häntäkin vaara?

Tytti tarrasi kassiinsa ja lähti kohti tien toisella puolella olevaa virastotaloa. Hän ei aikonut jäädä tapettavaksi yhden höyrypäisen muijan järjettömyyden vuoksi.

5.

Laitoksella miehet istuivat neuvotteluhuoneessa, mutta mitään asiallista ei saatu aikaan.

Paremminkin juttu liikkui säässä ja Kalevan Kisoissa. Kääpä istui pöydän päässä ja mietti, miten puhaltaisi vähän intoa kollegoihinsa.

– Ennen kun päästetään tuo Häkkinen ääneen, niin lopetetaan tämä tyhjän jauhaminen ja käydään vähän läpi päivän tapahtumia, Harri Kääpä sanoi viimein.

– Mitään varsinaista läpimurtoa ei tietysti ole onnistuttu tekemään, mutta jotain uutta kuitenkin, Kääpä lopetti vähemmän innostuneella äänellä.

– Minä jututin sitä Minnaa. Se ainakin tuli selväksi, että naisressu pelkää, mutta mitä se pelkää, sitä se ei suostunut kertomaan. Kielsi jopa tomerasti pelkäävänsä. Jotenkin se kuitenkin alkoi pehmetä, kun yritin sille todistella, että me kyllä pidämme hänestä huolen, kun vain tiedämme, mistä uhka tulee. Kysyin Minnan suhdetta Paavo Manniseen, Kari Keiteleeseen, Jarmo Siltalaan ja Petteri Peltoseen. Minna sano siihen, että Manninen on juonut aivonsa.

– On sillä sen verran harmaita soluja jäljellä, että se osaa hankkia aina vaan lisää viinaa ja rahaa, miten, siitä Minna Lähteellä ei ollut väitteensä mukaan harmainta aavistustakaan, viinankeittoa ja myyntiä sanoi epäilevänsä. Kun raha riittää juoda joka päivä lisää, ei pääse se krapulakaan yllättämään. Ja mitäs, sehän onkin sellainen köyhien tauti. Krapula meinaan. Ei se Mannista koske. "Vielä se sentään kykenee nostamaan kolpakon huulilleen ja potkimaan maahan lyötyä naista", Minna oli selittänyt katkerana. "Vielä minä sen jätkän höyhennän", hän oli lisännyt vuodatukseensa. Miksi Manninen oli käynyt Lähteen päälle, ei kuulemma ollut Lähteen tiedossa, jos ei sitten kyseessä ollut jo kauan odotettu deliriumkohtaus.

– Siltalasta Minna taas sanoi, että tämä oli erikoisen viehättävä ihminen, mutta ei sen enempää, mitä häneen tulee. Kovasti se pahoitteli sitä Siltalan kuolemaa, mutta jotain outoa siinä jutussa kyllä on. Sille Minnalle tuli ihan vedet silmiin, kun se puhui siitä Siltalasta. Kun kysyin, olivatko he seurustelleet, Minna vastasi, että kerran he yrittivät, mutta ei siitä mitään tullut, vaikka ne kylällä toisin väittävätkin. "Hankkisivat edes oman elämän", Minna oli tuhahtanut.

– Katsos perkele! Eikö sekään nainen ymmärrä millaisessa vaarassa on? Ainakin näin voidaan hyvällä syyllä ajatella. Kylällä joku kulkee pyssy kainalossa, tai niin ainakin oletan, sillä ei sitä asetta enää ollut siellä Peltosen puuseen takana, missä Manninen oli sen sanojensa mukaan nähnyt. Minusta se on kyllä pelkkää legendaa. Se jätkä haluaa vain saada huomiota. Ei kukaan jätä kivääriä vessan taakse jonkun vanerilevyn suojiin. Ei niin pöljää olekaan, että vieraan ihmisen käymälän taakse alkaa pyssyjä piilotella.

– Mistä me tiedämme, että kyseessä on vieras ihminen? Repe puuttui puheeseen. – Mistä senkään tietää, ei niin mistään.. On muistettava, etteivät nämä jepet kulje täysin kirkkain valoin. Nyt se torrikka on kuitenkin korjattu parempaan talteen, jos se siellä koskaan on ollutkaan. Se Mannisen mainitsema vanerilevykin oli viskattu muutaman metrin päähän metsään, joten koska se on piilosta otettu pois olettaen, että se siellä on ollut jemmattuna, niin johonkin sitä pyssyä nyt tarvitaan, se on varma, Repe Ruotsalainen selitti kiihtyneenä.

Hän hörppäsi lasistaan ja kurlutti sitten kurkkuaan kuin putkimies, mutta vilkaistuaan Perttusta hän kiireesti nielaisi suunsa tyhjäksi.

– Voihan tietysti olla niinkin, että käytetty ase pyritään hävittämään. Yhtä kaikki, helvetin fitti juttu tämä kuitenkin on. Manninen on tallessa ja häntä voidaan puhuttaa aamulla uudelleen, jos se silloin olisi vähän tomerammassa kunnossa, mutta se toinen häspyyttäri on ties missä.

– Niin on, niin. Yritin sitä kiinni tänään, mutta tämä Petteri Peltonen tietää tasan tarkkaan milloin on hipsittävä piiloon virkavaltaa ja tultava vasta vähän kylmemmillä säillä näytille. Sitä ei olis pitänyt aamulla laskee ulos, mutta ei sitä täälläkään millään syyllä voinut varastoida, Kääpä sanoi tuskaisesti.

– Pitäisi jotain apuja saada, kun sen Leena Harjunmäen puhuttaminenkin oli yhtä tyhjän kanssa. Tytti Heimola kävi kuitenkin kertomassa sellaisia asioita, ettei emäntää voi jättää huomiotta. Se selitti tänään, kun yritin sitä aamulla puhuttaa, että poliisi kiusasi häntä, olisi ennemmin kiusannut Helvi Heinäsuota. Puhui sekin ämmä, tämä Heinäsuon emäntä meinaan, Leena Harjunmäen mielestä mitä sylki suuhun toi. Minä siinä kysymään, että miksi hän niin sanoi? Oliko Helmi Heinäsuo puhunut mahdollisesti hänestä jotain ikävämpää? Siihen tämä Harjunmäki sanoi, että näinhän minä sen taas silloin, kun pysähdyttiin juttelemaan siihen Osuuspankin eteen, että se on valmis puhumaan pahaa kenestä hyvänsä, myös minusta. Helvi Heinäsuo

37

kuulemma juoruaa vaikka kenen päälle, ei se sitä katso, minkälaista vahinkoa se sellaisella käytöksellä lähimmäisilleen tekee, Harjunmäen emäntä selitti. Ja lisäsi, että se ämmä juoruaa paljon enemmän kuin hän, joka ei kenenkään päälle juuri juoruile ja se joka väittää toisin, saa syytteen niskaansa, emäntä uhosi. Hän on kunnon ihminen, käy kirkossakin lähes joka sunnuntai, jos vaan on mahdollista, ainahan ei kuulemma ole, kun isossa huushollissa on isot työt ja silleen. – Että tämmöistä se on sen Leena-tädin kanssa, Marttinen huokasi.

6.

– Siitä Käestä, joka aamulla pyrki Kallen luo, taisi sitten olla eniten apua tai hyötyä tässä tämän päivän jutussa, Perttunen sanoi. – Siinä kakkua ja korvapuusteja syödessään ja kahvia ryystäessään se Käki tuli kertoneeksi muun muassa, että tämä Minna on uhkaillut Paavo Mannisen henkeä. Vai liekö tullut juuri sitä ihan asiakseen Kallelle kertomaan. Kun se ei päässyt Häkkisen puheille, se lähti vipottamaan kiukkupäissään pois. Sen verran se ehti sanoa posket kakkua täynnä, että Minna kuulemma oli sanonut, että jos hän ei saa Mannista hengiltä, joku toinen saa, sillä hänellä on rahaa maksaa ja varaa palkata kalliimpikin tappaja. Minulle juorusivat torikahvilassa, että tämä Minna on yhtä kova kuin isävainaansakin. Ja kun se jotain päättää, se myös pitää.

En minä ehtinyt vielä kahvimukia pöydälle laskea siellä torikahvilassa, kun ensimmäinen "asiantuntija" tuli paikalle ja kysymättä istahti takamukselleen ja alkoi kertoa, mitä tästä Minna Lähteen jutusta nyt puhutaan. Kas kun minulle on kuulemma niin mukava jutella, kun en ole mäntyharjulainen ja kuitenkin olen poliisi. Jos puhuisi mäntyharjulaiselle poliisille kylän ikävistä asioista, sitä kutsuttaisiin vasikoimiseksi, selitti se Käkikin. – Nyt kun asiansa puhuu minulle tai Häkkiselle, joka on siirtynyt eläkkeelle, eikä ole enää oikeastaan poliisikaan, niin se kuulemma on ihan hyväksyttyä ja

39

puhdasta. Sellaista keskinäistä keskustelua, mitä vanhat kamut keskenään hölöttävät.

– Siitä... tuota, kannattaako siitä sellaisesta välittää? Josko puhuisimme hetken vähän muusta, Häkkinen sanoi. – Tuolla Perttusella olisi asiaa, mutta se ei näytä saavan sitä ulos.

– Oottakaas nyt ensin, Repe sanoi huolestuneena, vaikkei oikein itsekään tiennyt, oliko minkäänlaiseen huoleen syytä. – Jos minä tässä ensin...

– Johan tässä vähitellen alkaa pelätä varjoaankin, kun tämä juttu ei etene yhtään. Aikaa vaan kuluu, Marttinen sanoi kengänkärjilleen, joissa näytti olevan paljonkin tutkittavaa. Repe päätti taas aloittaa kysymyksensä, vaikka epäili, ettei asiassa ollut sen kummempaa. Ettei se ainakaan liittynyt henkirikokseen, mutta silti. Ehkä se kannatti nostaa tapetille.

– Onks siis kukaan... Ruotsalainen aloitti, mutta jätti siihen.

Pöydässä oli hetken ihan kuollutta, kunnes Repe Ruotsalainen sai sanottua asiansa.

– Onks kukaan nähnyt sitä Vesalan nuorempaa poikaa tässä parin päivän sisällä?

– Mitä sinä sillä tiedolla teet? Ei kai se ole sotkeutunut mihinkään...

Häkkisen ääni oli huolestunut ja Perttunen ajatteli, ettei sitä voinut välttääkään. Kun työn ohella ja tietysti erilaisissa kissanristiäisissäkin tutustui kyläläisiin, eli heidän kanssaan vuosikymmenet, he tulivat läheisiksi ja heidän elämäänsä tuli ihan huomaamatta seurattua. Sillä tavoin asukkaiden yhteistyöllä moni nuori oli saatu ohjattua oikealle polulle ja vanhemmuudesta lipeävät vanhemmat ojennettiin sanoitta elämään ihmisiksi. Se oli sosiaalisen paineen paras asia. Se, että kyläläiset sillä tavoin pitivät huolta toisistaan, vaikka välillä kapinoivatkin ahkerassa käytössä olevaa tietotoimistoa vastaan, se oli suunnattoman hyvä ja tärkeä asia.

– En mitään tai en mä tiedä. Tuli vaan mieleen, kun se Hemppa istui tuossa kunnantalon pyörätelineen kulmalla ja oli jotenkin niin surkean näköinen, niin minä kysyin, mihin se oli Jarkon jättänyt ja se sanoi, ettei se tiennyt Jarkosta mitään ja se mitä se siihen lisäsi oli niin kummallisesti muotoiltu, että se tuppaa tulemaan mieleen koko ajan. Vaikka en minä usko, että sillä on mitään tekemistä tämän tappamisen kanssa. Ei ainakaan mitään muuta kuin se, että Hemppa ja tämä Jarkko olivat silloin juuri lähteneet siellä sillalta, kun Siltala ammuttiin. He kääntyivät salamana takaisin, mutta mitäpä se olisi auttanut?

– Mitä se sitten sanoi? Marttinen kysyi ääni karheana. Hänelle Tilhin perhe oli läheinen, vanhemmat olivat heidän nuorimmaisensa kummia.

– Se sanoi, että "ehkä en näe sitä enää ikinä koskaan".

– No jo… Mitäs mieltä maisteri itse on tästä muotoilusta, Harri Kääpä kysyi millään tavoin vinosti ilmehtimättä tai ääneen vinoilematta, eikä sitä sellaiseksi ottanut Repekään. Häntä oli ennenkin kutsuttu poliisimaisteriksi. Ja miksei olisi kutsuttu, sellainenhan hän oli, maisteri, jos sitten vielä ja ennen kaikkea poliisi.

– Pöhh! Jokainen sanoo: "ei koskaan" tai "ei ikinä", mutta sanooko kukaan "ei ikinä koskaan"? Siinä on jotain lopullista, jotain haikeaa tai surullista. Ehkä Hemppa pelkäsi ystävänsä puolesta, kun ne olivat silloin siellä sillallakin. Vaikka eihän ne vissiin nähneet muuta, kun sen Jarmon lyyhistymisen ja kuoleman? Kauempaa senkin vähän. Nehän olivat jo ylittäneet Asematienkin.

41

Kannattaako sitä miettiä, pitääkö ne pojat ottaa vielä puhutettavaksi, Marttinen sanoi.

– Tämä juttu on nyt helvetti vieköön ja saakeli soikoon sellaisessa mallissa, ettei siitä ota selvää erkkikään. Kun tässä minun kattilakunnassani on muitakin varteenotettavia, kuin tämä rakas kauhan kiertäjä, niin taidan tästä pikku hiljaa liueta kotia kohden, joten kerro nyt Perttunen tähän väliin, mikä se asia on, joka on ollut neljättä viikkoa toimiston puheenaiheena, vaikka kukaan ei oikeastaan edes tiedä mistä on kysymys.

Joku hupparityyppi lähestyi poliisien loosia ja juttu sammui siihen. Perttunen oli jo ottanut aimo hörpyt ja valmistautunut kertomaan asiansa, kun vieras mies pysähtyi ja katsoi jokaista poliisia vuorotellen ja lopulta katse pysähtyi Harri Kääpään. Harri katsoi vierasta hiljaa odottavan näköisenä.

– Menkääs kundit vilkaisemaan tonne kesäteatterin katsomon alle. Siellä mäen suuressa tyhjyydessä on naisen raato ja jos en huikeesti erehdy, se on se höpötäti, se Leena Harjunmäki. Sen vieressä on tiiliskivi, johon en kylläkään koskenut, mutta oletan, että sillä on koiteltu täti-ihmisen ohimon kestävyyttä. Varmahan en tietenkään voi olla, kun nuo lääketieteen opinnot ovat jääneet kovin vähiin eli olemattomiin. Käykääpä ihan itse katsomassa, eiköhän se siitä ala selvitä. Teidän duunihan se on, se kalmo katsomon alla meinaan.

– Mitäs sinä siellä nuohosit, Harri Kääpä kysyi tuohtuneena Kari Keiteleeltä.

Oli kestänyt hetken, ennen kuin hän oli tunnistanut tämän nuorenmiehen.

42

– Eikös sinun pitäisi olla Mikkelissä? Siellähän sinä asut ja opiskelet, eikö niin? Miksi siis tämä kiinnostus tyhjään teatteriin? Mikä sinut sinne veti?

– Et kai sä Kääpä vielä sellainen käpy ole, ettet tietäisi mihin tarkoitukseen nuori ja vireä mies etsii kuivaa ja suojaisaa paikkaa?

Perttunen oli alistunut siihen, että hänen juttunsa ei päässyt koskaan läpi. Hermostumatta ja toisaalta jopa innoissaan hän nousi ylös. Kääpä jätti sanantuojan kuulustelun sikseen, ehtisi sen käsitellä myöhemminkin. Tieto mahdollisesta uudesta murhasta oli tässä vaiheessa riittävä. Kun sen oli tarkastanut, sopi hakea tämä avulias nuori ja itsetietoinen kundi takaisin. Hänkin nousi ylös ja loput hänen jälkeensä.

– Jaaha. Lähetääs pojat katsomaan miten työ poikii työtä, Harri Kääpä yritti sanoa sanottavansa huolettomasti, vaikka huolettomuudesta ei ollut tietoakaan.

– Jääkööt Kalle ja Perttunen kotimiehiksi keittämään kahvia ja tilaamaan Dadasta noin tunnin päähän kunnon pitsat. Ja Marttinen voi laputtaa perheensä luo. Olet ollutkin useita yhtäjaksoisia päiviä ylitöissä. Johan se rakas kauhankiertäjäsi vallan hermostuu moiseen menoon. Me lähdetään Repen kanssa tekemään alustava rikospaikkatutkimus, jos se sellaiseksi osoittautuu ja soitellaan vasta sitten Mikkeliin, jos juttu aihetta antaa.

Puhelin Käävän taskussa soi käskevästi. Huoneen ilmapiiri jähmettyi käsin kosketettavasti.

7.

– Tämä on kirottu juttu, Marttinen sanoi hiljaa mielessään ja huokasi raskaasti. Hänellä oli sellainen tunne, että kaikki muut paitsi poliisit, tiesivät mitä tällä kylällä nykyisin oikein tapahtui. Poliisi etsi kuumeisesti syyllistä, mutta se oli yhtä tyhjän kanssa. Kuka tahansa raitilla vastaantuleva saattoi olla syyllinen. Kiväärimies. Ihan kuka tahansa sai aseen käyttöönsä, joko oman metsästysaseensa tai jos sellaista ei ollut, saattoi aina lainata hyvältä naapurilta tai korjata holtittomalta vapaa-ajanasukkaalta parempaan talteen. Vielähän niitä on mökin seinät väääränään. Kylän miehistä siis jokainen saattoi olla syyllinen tai miksei naisista. Tai joku ihmisistä, jotka juna vei pois Mäntyharjulta.

Tietysti hän oli yrittänyt hahmotella lukemattomia kertoja, mitä oikein oli tapahtunut. Hänen mielestään Jarmo Siltala oli avain tähän juttuun. Mutta niinhän murhatapauksissa aina oli. Murhattu ja hänen elämänsä oli jutun avain, siinä ei ollut mitään ihmettelemistä. Jos he saisivat selvitetyksi, miksi Siltala ammuttiin, jos hän kerran oli niin kunnollinen ja kaiken pahan yläpuolella, kaikki olisi kohdallaan ja enemmän kuin puoliksi selvitetty. Mutta oliko yleensä olemassakaan aikuista ihmistä, joka olisi niin tyystin viaton kaiken pahan edessä? Ja jos oli, miksi hänet sitten oli murhattava? Miksi kukaan haluaisi tappaa hyvän, umpikunnollisen ja

44

kiltin miehen? Entä se Keitele? Siitä Häkkinen ei sanonut mitään. Eikö se Iikkakaan puhunut mitään Keiteleestä?

Tytti Heimola oli kuultavana ollessaan kertonut Leena Harjunmäen puhuneen, että hän tiesi tarkalleen kuka, ja miksi, oli tappanut Jarmo Siltalan. Siltala-raukka oli Harjunmäen mukaan kuollut vahingossa toisen miehen edestä. Oli Harjunmäki voivotellut Siltalan kohtaloa, mutta kieltäytynyt visusti kertomasta, kuka sitten oli se, joka piti tappaa tai kuka oli mahdollinen tappaja. Ihmetteli vaan, miten poliisilla oli sellainen käsitys, että hän tietäisi jutusta jotain. Niin kuin hän muka tietäisi.

Tai paremminkin kai niin, että se Harjunmäki sanoi tietävänsä, ettei Siltalaa kenenkään pitänyt edes ampua, se oli ollut silkka vahinko. Uhrin piti olla joku ihan toinen. Kuka, sitä ei Harjunmäki halunnut kertoa tai ei tiennyt, jos sitten oli tietävinäänkään. Mistä se oli senkin tiedon onkinut, tämä Harjunmäen emäntä? Vaikka onhan se niinkin, että jos sattuu törmäämään tappajaan ja tuntee tämän hyvin, voi ehkä huomata tulleen kummallisia vieraita piirteitä tapaamaansa tuttuun ihmiseen. Täytyy olla paatunut ja teräshermoinen ihminen, jos kykenee olemaan murhatyön jälkeen kuin ei olisikaan. Siis tappaja. Ja kun siinä jutellessa sitten tämä Leena-emäntä alkaa kaivella asioita, vähitellen Tytti myös kykenee rakentamaan mielessään kuvan siitä, mitä on tapahtunut ja miksi. Lopulta emännän haudottua asiaa joitakin päiviä, hän haluaa tavata tämän tappajaksi uskomansa henkilön. Haluaa kertoa, mitä tietää ja kysyä asioista, joista ei tiedä. Jompikumpi, ehkä juuri tappaja ehdottaa tapaamista. Tapaamista rauhalliseen paikkaan.

– Olen sitä minäkin ihmetellyt, että miksi se Jarmo tapettiin, se ei ollut mitenkään sellainen tyyppi, joka olisi sotkeutunut johonkin laittomaan. Päinvastoin. Se kyllä kuului niihin harvoihin täysin rehellisiin. Niihin aidosti kunnollisiin, Kaarlo Häkkinen availi keskustelua kahvihuoneessa. Hän oli kuullut Perttusen tulleen isojen uutisten kera, kun Ruotsalainen oli soittanut hänelle ja käskenyt pitää kiirettä ja hän oli päättänyt liittyä seuraan.

– Et siis usko, että hän olisi jallittanut Minnaa ison rahan toivossa? Kääpä katsoi Häkkistä pitkään. – Oletko ihan varma hänen kunniallisuudestaan?

– Olen. Ihan varma. Kyllä se Jarmo on ollut ihan tietoinen siitä, että avioliitto ei edellytä yhteistaloutta, vaan kuten kurssilla sanottiin, että matin omaisuus on matin omaisuutta, vaikka maija miten sitä avioliittoon vedoten havittelisi. Kun on vaimoksi tai mieheksi päässyt, pitäisi olla siitäkin vähästä kiitollinen, vaikka ei myötäjäisiä liiton mukana tulisikaan, jos pieni irvailu sallitaan. Ja ilman lakiakin Jarmo olisi jättänyt Minnan rahat Minnalle, se on ihan saletti. Jarmo Siltala olisi ihan hyvin tullut toimeen omillaankin, Häkkinen sanoi kulmat kurtussa. – Jos se Leena-emäntä kerran on sanonut, että Siltala tapettiin vahingossa, niin olisin melko varma uskomaan siihen. Miksi se olisi tahallaan tapettu?

– Älä nyt ota itseesi, pakkohan tässä on jotenkin tätä asiaa pyöritellä. Eihän rahojen tarvitse tulla häälahjana, nehän on suhteellisen helppo ketkutella erissä rakastuneelta nuorikolta.

– Sinähän sanoit, että se Tilhin pariskunta on teidän pojan kummeja, Kääpä sanoi Marttiselle rauhallisesti keskustelusävyyn.

– Juu on ne. Vaikka miten se vielä sinua kiinnostaa? Ei niillä mitään hätää ole tai edes ole ollut. Se poikahan tuli kotiinsa vielä samana iltana, vaikkakin myöhemmin kuin Hemppa. Et suinkaan sinä kuvittele…

46

Pojat vain järkyttyivät pahan kerran ja se sai ne käyttäytymään vähän oudosti.

– En, en kuvittele, mutta pitäisikö sitä Jarkkoa ja Hemppaa vielä jututtaa? Nehän ovat jääneet varsin vähälle, vai mitä? Kuitenkin ne oman kertomansa mukaan juttelivat pitkään Siltalan kanssa tullessaan sillalle ja toistamiseen, kun lähtivät sillalta. Onhan olemassa pieni mahdollisuus, että pojat olisivat nähneet tai kuulleet jotain, jonka tärkeyttä eivät ole ymmärtäneet ja siksi jättäneet kääntymättä poliisin puoleen. Onhan se mahdollista, mitä?

– Olihan siellä se Harjunmäen muorikin, sitäkään ei ole kuultu, vaikka se vasta varsinainen suupaltti on. Se tulee hyvin toimeen nuorten miesten kanssa, joten ota sinä, Repe, se puhutettavaksi, Harri Kääpä sanoi. – En minä suinkaan sitä tarkoita, että se muori mikään puuma olisi, mutta kun se menetti silloin motellijutun aikaan sen ainokaisen poikansa, niin se ikään kuin lainaa juttuseurakseen näitä muita nuoria. Ovelta kuului ääniä ja saman tien se kiskaistiin auki.

– Perttunen perhana! Noinko sitä Helsingissä tullaan oikein ryminällä toisten työhuoneeseen? Samassa Kääpä näki Perttusen selän takana säikähtäneen Marin.– Mene vain töihisi, Mari. Johan tämä muurinsärkijä on oven tällä puolen.

– Minä vain harjoittelen täkäläistä tapaa rynniä koputtelematta toisten työhuoneisiin.

– Ja minkähän takia, jos uskaltaa kysyä? Kääpä yritti pitää ilmeensä kurissa, mutta suupielessä nyki kavaltavasti. – Niin että miksi sinä…

– Kas kun tämä on nyt minunkin työpaikkani. Tämän ikäisenä pitää ottaa aikaa oppia uudet asiat. Minä nääs aloitan täällä ensimmäisenä elokuuta. Mitäs siihen sanotte?

Hetken huoneessa oli rikkumaton hiljaisuus. Tuntui kun huonekin olisi hengittänyt hiljaa sisäänpäin. – No mikä nyt tuli? Missä tervetulotoivotukset viipyvät? Entä kahvi? Minä toin kakun tullessani. Siis jo toisen kakun. Oikein sellaisen komeen kermakakun. Laktoosittoman, jotta toi Repekin voi sitä syödä, ettei tartte mennä sen vanhan ämmän, sen mummelin luo piereskelemään. Noloahan se semmoinenkin on, vanha rouva vielä pahastuu, kun tupa täyttyy hajuista.

– Sä olet siis tulossa tänne? Se ei siis ole ollutkaan turhaa puhetta, mitä täällä on kuiskittu. Kahvitarjoilunkin olet järjestänyt jo muutama päivä sitten. Miksiköhän? Eikö olisi ollut helpompaa järjestää virallinen tiedotuksen osuus vaikka viikko sitten, kun kakunkin toit tai vaikka tänään ja jättää se ensimmäinen maasutus tekemättä? Uumoilitko, ettet ole tänne toivottu henkilö? Vai miksi järjestät tällaisia herkuttelupäiviä oikein kaksin kappalein? Samana päivänä, kun teet tämän suurenmoisen ilmoituksesi paikanvaihdoksesta ihan virallisesti ja viikko sitten, kun luulimme sinun kyllästyneen riippukeinuun ja virvelin heittelyyn ja siksi tulleen tänne aikaasi viettämään.

– Ensimmäisen kerran joudun ajattelemaan Mäntyharjua uudella tavalla tämän murhajutun takia, Perttunen sanoi hiljaa ja vähän surullisena. – Minusta tämä Mäntyharju on ollut Helsingistä katsoen aina varsinainen onnela, Perttunen viestitti Häkkiselle. ja yskäisi pari kertaa, vähän noin niin kuin olisi tärkeyttään ilmaissut. – Nythän me olemme koolla kaikki, paitsi Mari, joten lienee paikallaan ilmoittaa teille ihan

48

virallisesti, että olen saanut siirron tänne ja aloitan työt täällä ensikuun ensimmäinen päivä.

– No onpa tässä uutista kyllikseen, Häkkinen tuumasi. – Tervetuloa, tervetuloa, onpa iloinen yllätys. Tulet sitten ikään kuin minun jättämälle paikalle.

– Ei täällä kuule paikkoja jaeta. Olemme erinomainen tiimi ja pelaamme hyvin yhteen, Perttunen sanoi. – Ja meillä on selustassa vielä ainakin epävirallisena apuna Helsingin poliisilaitoksen väkivaltatoimiston väki. Ne ovat niin kiitollisia, kun pääsivät minusta eroon, luulisin, että lupasivat täyden avun, jos se joskus käy tarpeelliseksi.

– Pidetään huolta toisistamme ja hommistamme, niin mikään ei voi estää onnistumistamme, ei edes tässä jutussa, Repe Ruotsalainen sanoi totisena ja hänen silmiinsä syttyi tuike, jota niissä ei oltu aikaan nähty. – On se työpaikan vaihto kuitenkin aika huima toimenpide.

– Niinpä. Vuosikymmenet minäkin olen ollut täällä töissä. Tulin tänne tuolta naapuripitäjästä ja vasta nyt olen tullut ajatelleeksi, millainen paikka tämä kotikuntamme oikein on, siis työmme takaa katsottuna. Itselläni ei ole valittamista, kaikki on paremmin kuin hyvin ja olen erikoisen iloinen siitä, että Timo tulee työskentelemään Mäntyharjuun. Ei Mäntyharju ole sen pahempi tai väkivaltaisempi kuin muutkaan pitäjät. Ehkä se ei enää ole pumpulionnelakaan, mutta onko sellaista enää missään? Meistä itse kukin voi vaikuttaa siihen, että kaikki mäntyharjulaiset ja vapaa-ajan asukkaamme voisivat kuitenkin sen sellaisena kokea.

Repe katsoi Häkkistä hymyillen.

– Kerro, Kalle, mikä täällä on ollut sinun aikanasi hankalin juttu, Repe pyysi uutta kahvia keitellessä, kun Marttinen oli kipaissut hakemassa vasta paistettuja korvapuusteja kermakakun jatkeeksi. Ne näyttivät tekevän ripeästi kauppansa kakusta huolimatta, mikä sekin hupeni silmissä.

– Voisihan tässä odotellessa vaikka ottaa ja kertoakin jotain. Eikö se olekin eläkeläisen ilo ja tehtävä, tällainen muistelu, mitä? Aloitetaan vaikka siitä, kun kahdelle isäntämiehelle tuli riitaa piikatytöstä, kuten silloin aikoinaan sanottiin. Nämä kilpakosijat, jos heitä niin voi nimittää, alkoivat vähän niin kuin viinan voimalla töniä toisiaan ja tyttö meni miesten väliin. Sen seurauksena toinen miehistä tönäisi hänet vahingossa nurin. Kaatuessaan tyttö löi takaraivonsa uunin kulmaan ja miehet luulivat tajutonta naista kuolleeksi. Hätäännyksissään he ottivat ja käärivät hänet mattoon ja veivät hänet miehissä suolle, upottaen hänet siellä silmäkkeeseen. Vaan ruumispa nousi ajallaan pintaan kaikkien hämmästykseksi. Nousi vaatimaan oikeutta ja oikeuslääkäri totesikin naisen kuolleen hukkumalla eli hän oli elossa suohon upotettaessa.

– Hyi hitto... Marttinen sanoi käheästi. – Kaikkea sitä...

– Niinpä. Miehet tunnustivat heti tekonsa ja kiittivät minuakin kädestä pitäen, että saattoivat asian käsiteltyään elää taas helpommin, ilman raskasta ilmitulon pelkoa ja ehkä vielä enemmän siksi, että kokivat saaneensa tekonsa anteeksi.

– Toisessa tapauksessa oli paljon pahuutta. Ainahan henkirikokset ovat pahoja, mutta toiset ovat pahempia kuin toiset. Tässä jutussa nainen oli erittäin juonikas ja häpeämätön. Hän oli luikerrellut sisälle silloiseen palokuntaan ja valheellisin perustein päässyt palopäällikön puheille. Hän väitti, että oli tekemässä Suomen osalta kansainvälistä kirjasarjaa, työnimeltä

50

"Täydellinen tuhopoltto". Ja että hän oli tullut kysymään palopäälliköltä, oliko Suomessa selvittämättömiä paloja ja jos niin millaisia? Nainen ehdotti palopäällikölle myös, että he teoksen kustantajan piikkiin menisivät yhteiselle lounaalle paikalliseen ravitsemusliikkeeseen. Sehän vaan sopi palopäällikölle, Häkkinen sanoi ja Repe oli varma, että komisarion kasvoilla värähti inho vielä näin vuosikymmenten takaakin.

Palopäälliköltä lounaspöydässä saamiaan tietoja nainen sovelsi omaan käyttöönsä. Niin julma tämä suunnitelma oli, ettei sellainen väärinkäytön mahdollisuus edes käväissyt palopäällikön mielessä. Nainen poltti miehensä puhalluslampulla, ensin hänet nukutettuaan koiralle määrätyillä unilääkkeillä, mitä hän oli kerännyt Lahden, Heinolan ja Mikkelin eläinlääkäreiltä. Taisi siinä listassa olla Mäntyharjukin. Lopuksi hän sytytti talon tuleen ja pakeni oman makuhuoneensa ikkunasta saksanpaimenkoiransa kanssa, mutta sitä ennen hän raahasi miesparkansa tämän omaan makuuhuoneeseen niin, että hiiltynyt torso näkyi ikkunasta ulos ja tämän katalasti murhatun miehen serkun vaimo luuli palossa pieneksi kutistunutta torsoa ompelijan mallinukeksi. Nainen kuvitteli, että tutkijat uskoisivat talon syttyneen sähköjohdoista. Toisin kävi. Oikeuslaitos ei luullut mitään, se hankki tarvittavat vääjäämättömät tiedot ja todisteet käyttöönsä ja laki teki tehtävänsä.

– Se on juttu, mikä sai paljon huomiota valtakunnallisestikin, Harri Kääpä sanoi. – Inhottava juttu kerta kaikkiaan. Siinä on vieläkin mystiikkaa. Monet asiat vaatisivat selitystä, mutta annetaan sen olla, näissä uusissakin on riittävästi tekemistä.

– Se on ihan totta, mutta jos minä nyt kertoisin tämän juttuni loppuun, kun tällä hetkellä ei ole oikein muutakaan tekemistä, kun odottaa alustavia tietoja. Häkkisen katse oli nauliintunut paikoilleen ja hänen kasvoillaan oli tiukka ilme.

– Täällä Mäntyharjussa on vuosikymmenten aikana veli puukottanut veljensä kuoliaaksi, mies hakannut vaimonsa hengettömäksi ja upottanut kivipussit jaloissa lampeen. Siinä jutussa mies ei kestänyt omatuntonsa vaativaa ääntä, vaan meni poliisilaitokselle ilmoittautumaan. Mutta siinä kävikin niin, että vallesmanni lähetti hänet pois, eikä edes ottanut miestä todesta, sillä samainen mies oli juopotellut vuosikausia tolkuttomasti ja sekoillut milloin mitenkin.

Vaimo lopulta väsyi ja kertoi naapurilleen, että lähtee siskonsa luo Helsinkiin ja jättää koko paskan. Niinpä kukaan ei häntä osannut kylällä edes kaivata. Mies jatkoi käyntejään poliisilaitoksella tunnustamassa tekemänsä tapon ja sai tästä nimismiehen luona ramppaamisesta liikanimekseen Tauno-tappaja. Kukaan ei uskonut tai edes ajatellut miehen piinaa, kunhan naureskelivat selän takana ja joskus ihan päin naamaakin. Vuosien kuluttua, kun lampea ihan muista syistä naarattiin, vaimoparka tai se mitä hänestä oli jäljellä, nousi ylös. Katuva puoliso oli silloin jo kuollut ja ainokainen lapsi haudannut isänsä mahdollisimman kauaksi äitinsä haudasta. Olisi kuulema haudannut mielellään kiviaidan ulkopuolellekin, mutta ei saanut siihen lupaa.

– Onhan näitä... juttuja. On ehtinyt aikojen saatossa tapahtua vaikka mitä. Täällä on tapettu vaimoihminen ampumalla ja vaimon luona kylässä olleet kaksi naista haavoittuneet samassa rytäkässä pahasti.

Avioriitaan syytön puoliso on tapettu syrjäkylällä hakkaamalla leipälapiolla kuoliaaksi. Täällä on piesty perheenjäseniä ja kostean illan päätteeksi sattumalta vastaan tulleita. Lapsia on käytetty hyväksi ja päästy siinä hommassa tilastojen kärkipäähän. Nämä kaikki ja paljon muuta on hävitetty ihmisten mielistä vaikenemalla ne kuoliaaksi. Ei sen puoleen, ei niissä enää mitään puhumista olekaan, kun tarkemmin ajattelee. Häkkisen ilme oli jotenkin selittämätön.

– Totta kuitenkin on, että meillä on paremmin kuin monella muulla kunnalla, siitäkin huolimatta, että Mäntyharjulta todennäköisesti lakkautetaan poliisitoimisto, joten tässä joudutaan entistä raskaamman työtaakan alle, mutta tai siis te joudutte, en minä. Minä käyn vain päiväkahvilla ja uutisia kuulemassa ihan vaan teidän raatajien kiusaksi.

Marttisen avatessa ovea, Repe kuului sanovan ääni karkeana Perttuselle, että Häkkisen väkivaltalistalta puuttuivat hänen vanhempansa, mistä hän osasi olla tosi kiitollinen. Isä oli ollut inha äidille hänen lähdettyä Helsinkiin niin sanotusti opiskelemaan. Isä harrasti henkistä pahoinpitelyä taukoamatta ja kiusasi vaimoparkaansa kuin kapinen kissa hiirtä. Kaikki sen varmasti tiesivät, mutta ennen Repen tuloa takaisin kotikylään, kukaan ei siihen puuttunut. Siihenkin oli joku syy, Repe mietti.

– Olisko ollut se, että hänen pärjääminen opinnoissa tai työssä ei antanut vanhemmille, isälle varsinkaan, mahdollisuutta ottaa kunniaa pojan loistavasta urakehityksestä itselleen. Ruveta nyt poliisiksi, vaikka on valmistunut maisteriksi! Siitä hän itse oli pitänyt huolen, ettei isä röyhistellyt hänen ansioillaan, jos niitä nyt ansioiksi saattoi sanoa.

–Voisinko löytää parempaa aihetta väitöskirjalle, kuin "Lojaalisuus ja moraali suljetussa kyläyhteisössä".

Tuskin, Repe tuumi.

8.

– Miten helvetissä sä haudoit tietoa murhatusta? Tästä Leena Harjunmäestä, ennen kun katsoit asialliseksi tulla sanomaan, että hänet on murhattu ja hän makaa kuolleena siellä katsomon alla?

– Älä nyt keuhkoo! Olisinhan mä kertonut, mutta... Yritä nyt kässää. Olin koko ajan tukevasti fyllassa. Kari Keitele näytti kummitukselta, koska pojan vitivalkoinen poolopaita värjäsi nuoren miehen kasvot harmaiksi.

Kokemuksesta Kääpä tiesi, että kohta oli pakko jättää puhuttelu sikseen ja toimittaa Keitele terveyskeskukseen.

– Mutta mitä? Kääpä yritti vielä, vaikka oli varma, ettei puhuttelusta nyt ollut minkään valtakunnan avuksi.

– No mä olin sen friidun kanssa, enkä halunnut että se näkee sen emännän siellä. Niinpä me hiissattiin itsemme Krouviin. Krouvissa oli pari tuttuu kundii ja me päätettiin heti kohta lähtee Mikkeliin. Mä käskin sen ruttusukan vetää himaan tai siis sinne mökille, missä se oli vanhempiensa kanssa. Se meinas alkaa jänkyttää, mut mä sanoin, ettei mulla ollut aikaa eikä rahaa sen hyysäämiseen. Ja että mä lähtisin niiden kundien kanssa Mikkeliin.

– Mikkelistä me jotenkin siirryttiin Hesaan. Hesasta taas noustiin laivaan. Lähdettiin Stokikseen. Sit sen jälkeen ei ole muistia ennen kun Köpiksessä.

Ostettiin vähän poltettavaa, jotta olo paranis ja vähän olisi valoa tunnelin päässä, mutta jos noin kuvaannollisesti sanois, niin ei se tunnelin päässä olevaa valoa ollut, se oli juna, joka jyräsi mut ja pakotti maate, vaikka en kyllä tiedä mihin ja millon. On noi mielikuvat vieläkin ihan sekasin. Tiedäthän sä, miten pitkän juoppoputken päätteeksi lähtee ajantaju, muisti ja tieto siitä, että on sentään vielä elossa.

– Jotenkin mä selvisin himaan, mutta olen tarvinnut unta boltsiin, jotta olen pystynyt tuleen ihmisten ilmoille. Nyt mä sitten tulin, kun kerran komensit ja käskit, saas näkee miten tässä käy. Ei ole toi oma tahto oikein hanskassa, mutta ainahan mä voin vaipua turvallisesti sun käsivarsillesi.

– Oletko kertonut löydöstäsi kavereillesi tai...

– No en tietenkään! Vähän veivasin, että jos Sepolle. Se on sen kalmon poika ja mun luokkatoveri ja sunkin Repe, mutta en mä saanut aikaseks ja ehkä parempi niin. Ei sulla olis kaljaa? Yhtä törppöä?

– Vai vielä kaljaa. Harri Kääpä alkoi hermostua, mutta näki miten nuori mies mureni silmissä.

Ennen kuin hän oli ehtinyt sanoa mitään, Repe ojensi Karille valmiiksi avatun tölkin, joka valui kaverin kurkunkoskesta alas tosi vauhdikkaasti.

– Se tyttö... Kuka hän oli?

– Hitostako mä sen tiedän? Se tarttu vaatteisiin, niinku ne tuppaa tekeen.

Marttinen kiirehti sisääntuloaulaan ja tarkasteli hajamielisesti saapunutta saalista. Hän plerasi saapunutta postia. Monenlaista vinkuran vänkyrää käsialaa kädessä olevassa kirjenipussa oli. Yksi kirjeistä oli tuotu käsipostina. Milloin? Ja miksi? Oliko se tuotu postinjaon aikaan, vai aikaisemmin? Myöhemmin? Kuoren osoite oli isoilla tikkukirjaimilla kirjoitettu, ilman lähettäjän tai vastaanottajan nimeä. Saajan kohdalla luki "poliisi mäntyharju". Marttinen riiputti sitä peukalon ja etusormen välissä kiirehtiessään kahvihuoneeseen. Kirje oli ehdottomasti avattava muiden kanssa yhdessä.

Ensimmäinen Siltalan jutun herjakirje oli saapunut. Oli sitä saatu odottaakin. Useimmiten niitä tuli tukuittain ja nyt vain tämä yksi! Nimettömyyden suojassa oli helppo potkia naapuria nilkkaan, mutta tähän juttuun ei jostain syystä aiemmin ollut tullut ainuttakaan.

Mikä se syy saattoi olla?

Timo Marttinen pyysi Maria viemään Kari Keiteleen putkaan nukkumaan ja antamaan hänelle Perttusen pullosta ravintola-annoksen, jotta nuorimies saisi unen päästä kiinni.

– Jätä se ovi sitten auki, jotta päästään apuun, jos se delirium ensiavusta huolimatta hyökkää poikaparan kimppuun.

Kirjeen Marttinen kiikutti kiireesti kahvihuoneeseen. Hetkessä miehet olivat ryhmittyneet kahvipöydän ympärille Harrin etsiessä veistä, jolla voi siististi avata kuori. Jännitys alkoi jo pistellä miehiä.

– Nohh! Äläs nyt kuhnaille, Repe täräytti kiihtyneenä. – Avaa se kuori nyt!

Harri sai viimein kuoren auki, sitä pahemmin runnomatta. Hän asetti sen pöydälle, kaikkien luettavaksi yhtä aikaa.

"Huorintekijät helvettiin" luki ohuella, sinertävällä ja rapisevalla paperilla.

– No nyt siitä riemu ratkesi, Marttinen sanoi hiljaa. Joku miehistä henkäisi syvään kirjeen nähdessään ja sitten pitkä hiljaisuus täytti huoneen.

– Nyt päästään eteenpäin, Kääpä sanoi viimein kireää ääntään hilliten. Ei tässä kirjeessä nimiä ole, eikä muuta sellaista paljastavaa sellaisenaan tai noin vain nähtynä, mutta sellaista paperilappusta ei olekaan, etteikö siitä aina jotain käteen jäisi. Ja jokainen kirjoituskoneen merkki, piste ja pilkku, paperista tai kuoresta nyt puhumattakaan otetaan talteen ja tarkasti. Kun sanon tarkasti, tarkoitan myös tarkasti. Ei muuta kuin toimitetaan tuo kirje tänään vielä labraan. Otetaan siitä käyttöömme kopiot.

Harri otti kirjeen ja totesi rauhallisesti, että hoitaa tämän ihan itse. Käävän käytös oli tiukkaa ja täsmällistä. Häkkinen ei muistanut, milloin Harri olisi noin jämerästi käyttäytynyt, ehkä ei hänen läsnä ollessaan koskaan. Eihän siihen ollut ennen hänen eläkkeelle lähtöään ollut minkäänlaista syytäkään, toivottavasti. Perttunen vilkaisi vaivihkaa Häkkistä. Häkkinen sähkötti ilmeellään, että antaa kaverin nyt runnoa vauhdilla eteenpäin, siinä hän ansaitsi kaiken tuen. Perttunen hymyili sisäänpäin. Sitä oli Käävän touhussa hippunen hiiren valssia, mutta kyllä hän siitä tokenisi, kun vastaan tulisi uusi vastoinkäyminen, mikä ei tietenkään olisi toivottavaa, mutta varmaa kuitenkin. Se mikä menee ylös, tulee eittämättä myös alas. Sellaista se fysiikka on. Ja kirje oli jo tehnyt tehtävänsä.

Väsyneet tutkijat olivat saaneet hieman helpotusta ja toivoa eteenpäin menosta. Ei se mitään, että edetään hitaasti, kunhan edetään oikeaan suuntaan, sillä lailla kaksi askelta eteen ja yksi taakse. Se oli todellakin ihan riittävä vauhti.

– Voi jessus sentään, Kääpä sanoi. – Näytäs, Timo, mulle vielä sitä kirjettä. Katson sitä vielä vähän tarkemmin. Koitetaan olla maltillisia, Kääpä sanoi opettajamaisesti. – Hyvä niinkin, jos päästään eteenpäin askel kerrallaan. Pääasia on, että tiedetään tutkimuksen suunta, joka juuri nyt näyttää voittopuoliselle. Kiirettä ei enää ole. Kunhan edetään, niin sekin riittää, kuten sanottu. Pääasia, että ollaan matkalla oikeaan suuntaan.

Kirjeen paperi oli iänikuisen vanhaa lentopostipaperia. Sen sinertävä väri oli haalistunut sumunharmaaksi.

– Onpa tässä kirjettä kerrakseen! Harri Kääpä totesi pyöritellen kirjettä peukalon ja etusormen välissä. Hän oli hetkeä aikaisemmin napannut sen Timo Martikaisen sormista. – Missä ne vanhat kirjoituskoneet ovat, hän kysyi innostuneena. – Ne, mitkä täällä oli ennen tietsikoita? Onko niitä enää olemassakaan?

– Osa on ainakin, Häkkinen totesi hiljaa. – Minähän kävin tutkimassa ne silloin, kun etsin sen Haapanan lähettämää hävytöntä kiusantekokirjettä tai paremminkin konetta, millä se viesti oli kirjoitettu. Jotain, jonka tuottamaan tekstiin olisin voinut kirjeen tekstiä verrata, mutta ei meidän vanhoista löytynyt sille tekeleelle verrokkia.

– Siihen katkesi katin tarina, Kääpä sanoi. – Mistäs me nyt… Olen minäkin oikein syntymäpöhkö. Sellaista se on kun väsyy ja hermostuu. Kohta ei osaa sanoa kissaakaan kuin töpöhännäksi.

– Älä huoli, harhailee ne ajatukset muillakin. Perttunen hiero korvaansa kiivain ottein. – Jos en kohta tästä katoa sen tuomarin luo kyselemään siitä testamentista, sinne on turha sitten enää myöhemmin yrittää. Parasta, kun nostaa töppöset pystyyn.

– Jos Kalle ei löytänyt hakemaansa, eihän se estä meitä yrittämästä onneamme uudelleen, Harri Kääpä sanoi lähes sopimattoman iloisesti. – Nyt meillä on kirje, ei muuta kuin etsimään konetta, joka tekee tällaista jälkeä, oli se kone sitten meillä tai muualla, kyllähän se löytyy kun pannaan löytymään.

– Mutta tässä on kyllä nyt jotain perin kummallista. Me olemme tutkineet tätä viikkotolkulla tuloksetta ja nyt sitten joku lähettää meille kahden sanan kirjeen, joka saattaa vauhdittaa tutkimuksia tai sitten ei. Ei tämä kirje kuitenkaan suoraan murhaajalta voi olla. Hänhän saattaisi hyvinkin voittaa pelin olemalla hiljaa hissukseen. Se olisi hänelle ehdottomasti turvallisin juttu. Ja sen se paskiainen varsin hyvin tietää, Kalle Häkkinen sanoi kireästi. – Varmasti tietää, uskotteko?

– Jospa kirjeen kirjoittaja haluaa ilmiantaa tekijän? Tai itsensä, mikä voi tietysti olla sama asia, mitä? Marttinen sanoi ja puri alahuultaan vinhasti. – Vanhoja koneita on nykyisin varmasti harvemmassa kuin käytöstä poistettuja tai käytössä vielä olevia tietokoneita. Ne manuaaliset koneet, joita sai hakata sormet hellinä, on kuitenkin suhteellisen helppo löytää, ei niitä missään enää kuitenkaan kiusaksi saakka ole, mutta entäs tietokoneet? Niitä tulee koko ajan kuin lunta tupaan ja käytöstä poistetut koneet täyttävät varastohyllyjä joka paikassa. Miksi kirjeenlähettäjä ei käyttänyt tietokonetta ja kirjoittanut kirjettä sillä?

– Olishan se ollu toki paljon helpompaa ja varmasti myös vaikeammin tavoitettavaa? Eikö? Repen kaulalla oli taas punaiset laikut, mitkä jännitys oli nostanut esiin. – Olisihan se ollut siistinpää, mitä?

– Joo... Kaksi murhaa... sanoi Perttunen ajatuksissaan. – Tai niin se taitaa olla, että vain Siltala murhattiin, mutta Leena Harjunmäki saattoi saada tiiliskivestä tavallaan vahingossa tai ainakin asiaa suunnittelematta. Jospa murhaaja on vaikka tomerasti kiristänyt tätä äkkipäistä emäntää, se on toki mahdollista. Toisaalta, mistä murhaaja sai käteensä sen tiiliskiven? Toiko hän sen tapaamispaikalle kassissaan tai kainalossa? Vai oliko siellä katsomon alla tiiliskiviä? Mitä ne siellä olisivat tehneet?

– Ei siellä mitään tiiliskiviä... Repe oli heti valmis tuumimistuokioon Perttusen kanssa, – En mä ainakaan muista...

– Muistanko minä nyt ihan oikein, kun muistelen, että siellä ei ole ainuttakaan punatiilirakennusta koko Isopappilan alueella? Perttunen katsoi toisia kysyvästi. – Onko vai ei?

– No ei ole. Kyllä se tiiliskivi jostakin sinne on tuotu. Huomasitteko muuten, että sillä kundilla, joka tätä jobinpostia toi, oli reppu? Repussa yksi tiiliskivi ei paina mitään, Repe tuumi hiljaa.

– Se menee tappona varmaankin, kaikesta huolimatta. On vaikea kuvitella jonkun kuljeskelemassa koko päivän iltamyöhään tiiliskivi kainalossa. Taitava asianajaja pystyy varmasti kääntämään tämänkin jutun mieleisekseen. Selvittämään, miksi juuri siellä katsomon alla lojui astaloksi sopiva tiiliskivi. Tietysti jos niin on, miltä näyttää, niin murhastahan me Leenankin kohdalla silloin puhutaan.

– Joo, Timo-kakkonen on oikeassa. Johan koulussa opetettiin, että niin on kuin miltä näyttää. Tämä vaan näyttäisi näyttävän vähän joka suuntaan. Jos joku joltakin vahvasti näyttää, se on sitä miltä näyttää, Perttunen sanoi ja hieroi kiihtyneenä korvannipukkaansa.

61

– Niin se vaan on poijaat, niin se on. Luulenpa, että meidän on keskityttävä motiiviin. Lähdemme siitä, että se on raha, vai mitä? Nyt on niin, että meille on syötetty sellaista tietoa, että Siltala kuoli vahingossa, että hänen sijastaan olisi pitänyt ampua joku ihan toinen mies, joten Siltalan kohdalla motiivin etsiminen on siten ajatellen täysin tarpeetonta. Pyritään nyt selvittämään, kenet oikein oli tarkoitus ampua. Motiivi varmasti pätee Siltalaan samoin kun muihinkin epäilyihin, Marttinen sanoi hiljaa.

– Raha. Raha se on kun pyörittää, mitä? Repen silmiin syttyi innostus. – Aina se löytyy kun vähän kuokitaan, raha meinaan.

– Mistä sä sen rahan siihen, Kääpä tiuskaisi.

– Entä rakkaus ja mustasukkaisuus? Viha? Kosto? Onhan näitä syitä lähimmäisen tappamiseksi. Se kun on niin hupaata tuo henkikultakin, Perttunen selvitti.

– Joo, niin on närhen munat. Hupaata on henki. Se joka toisen hengenpäälle käy tieten tahtoen on varmasti jo kauan aiemmin jättänyt poroporvarillisena pitämänsä lait. Hänestä on kehittynyt mielestään jonkinlainen yli-ihminen.

– Eiköhän niin joo, mun mielestä ainakin, Repe selvitti, joskaan ei kovin vakuuttavasti. Hänen otsansa oli syvillä vekeillä ja ilmiselvästi hän jätti jotain sanomatta.

– Rikkaus viehättää ihmisistä useimpia, mutta harvat lähtevät sitä silti kirves kourassa sitä etsimään, vaikka tässä tapauksessa astaloina olikin ensin ase ja sitten tiiliskivi, aika brutaalia kuitenkin. Tiiliskivi... Mutta noin kuvaannollisesti sanottuna, silloin kun se tiiliskivi on messiin otettu, on lähdetty katsomaan, mistä ne lastut virran tuomina oikein tulivat eli rahat, sano. Ei kovin hienovaraista, mitä?

– Rahaa minäkin haen tästä jutusta, Kääpä sanoi mietteliäänä. – Se tuntuu olevan kuitenkin se varsinainen vaihtoehto. Mistä raha on juttuun tunkemassa, selviää varmasti piankin, kun panemme uudella innolla hösseliksi.

– Ennen sanottiin, että ne ottaa köyhiä, jotka ei rikkaita saa, vaikka haukkuu ne köyhätkin. No, Petteri Peltonen tai Paavo Manninen tuskin elintavoillaan saavat edes niitä köyhiä, noin runollisesti ilmaistuna, rikkaista puhumattakaan, mutta niin se Manninen vaan väittää ja puhuu höpöjä, että seurustelee Lähteen Minnan kanssa ja siltä tytöltä ei raha heti lopu hurjemmassakaan menossa.

– Pidetään ote yllä. Kuka voisi kertoa tämän Minnan yksityiselämän varjopuolia? Tai valottaa onnen omenaisia tunnekuvia rikkaan neitosen elonjuoksulta?

– No sinä se vasta runolliseksi heittäydyit, ei olisi uskonut, jos suoraan sanon.

Repe katsoi Häkkistä arvioivasti.

– Mutta jossakin on varmasti joku... Joku, johon Minna todella oli kiintynyt. Sellaista ei vielä vaan ole löytynyt. Häkkinen pörrötti vaaleaa tukkaansa kärsimättömästi. – Olemme kaiken aikaa olettaneet Minnan puhuvan Siltalasta, kun se todistajapariskunta kertoi hänen sanoneen, että Paavo Manninen koski viattomaan, hyvään mieheen. Entä jos hän ei tarkoittanutkaan Siltalaa? Keitä muita miehiä saattaisi tulla kyseeseen?

– Isä, Minnan isävainaa. Minna oli isän tyttö, Marttinen sanoi. – Pienestä se kulki isänsä mukana milloin missäkin, metsälläkin, ja kuului olevan erinomainen ampuja. Kovasti se touhusi olla emäntää äidin kuoltua. Minnan äitihän kuoli, kun tyttö oli kymmenvuotias.

– Joo, Repe sanoi ja puri peukalon kynttä. – Ei tullut minunkaan mieleeni... No eipä tietenkään. Ei ole ollut mitään syytä näitä entisiä juttuja pohtia. Nyt kun ajattelen vaikka sitä meidän lakkiaiskevättä, niin Minnan isä toi sen joka aamu koululle ja haki hänet myös kotiin. Ei tarvinnut tytön busseja odotella pyryssä ja pakkasessa. Me vähän kiusattiinkin Minnaa siitä isin kullannuppuna olemisesta. Kai vähän kateellisenakin, kun se Minna nyt oli sellainen prinsessa, kun oli, Repe kertoi silmät luotuina lattiaan.

– Muistan minä senkin nyt, kun kerran tarjouduin teinitanssiaisista tuomaan Minnan kotiin, ettei isännän hänen takiaan tarvitsisi valvoa ja odotella. Minna sanoi siihen vielä, että sehän olisi hyvä juttu kun Repeä pelkää mörötkin, se on niin iso, luokan pisin poika. Siihen Minnan isä sanoi, ettei pitkä mies ole kuin hurstin haaska ja toistaiseksi hän kuitenkin kuljettaa tyttärensä itse kouluun ja koulusta pois, Repe kertoi tarinaansa hiljaisella äänellä.

– Taisi jo silloin käydä niin, että pojat alkoivat väistellä Minnaa, jotta eivät olisi joutuneet isän sanallisen ruoskan uhriksi, Repe sanoi lopuksi.

– Hyvä, hyvä. Repe tutkii siis tätä isäjuttua, vaikka ei siinä isän kuolemassa mitään hämärää ollut. Sydän petti, lukee kuolintodistuksessa, Kääpä sanoi ja katsoi Repeä pitkään. Sinä se olet paras tähän asiaan. Johan siinä puolet hoidettu, kun käyt läpi yhteiset hetkenne lukiossa ja etenkin sen, oliko sinulla ja Minnalla tai jollakin toisella uroksen alulla ja Minnalla jonkinlaista vipinää ja jos oli niin miten se isäpappa siihen suhtautui.

– Jos Timo ykkönen ottaisi hoitaakseen Leena Harjunmäen lähi-ihmisten puhuttelun ja minä kuulustelen vielä kertaalleen Mannisen ja Peltosen.

– Ne on taas täällä meillä. Tuotiin, kun mellastivat yöllä ihan estottomasti sillä sinisellä sillalla. Hajottaa ne sitä yrittivät. Siltaa meinaan, Marttinen selvitti. – Eivät ihmiset uskaltaneet kotiinsa sillan kautta mennä. Jospa kiljuton aamu ja tuskainen krappis olisi hieman pehmittänyt kavereita. Melkoinen mandoliinivaihe siellä kopissa täytyy olla menossa. Se on varmasti antanut tuntumaa siitä, millaista olisi virua kopissa elinkautista. Ja jos Timo kakkonen ja Kalle miettisivät tätä kirjeasiaa ja toimisivat sen kimpussa noin niin kuin kaveripohjalta, vaikka eihän tuohon Timo kakkosen viralliseen otteeseen ole kahta viikkoakaan, ei sen puoleen.

9.

Huoneessa oli hiljaista ja rauhallista. Jokainen mietti omaa osuuttaan tutkimuksessa. Ei niin, että kyseessä olisi ollut joku sooloilu meneillään, ei toki, sillä jokainen oli täysin tietoinen siitä, että kyseessä oli joukkuelaji.

Samassa ovi kuulusteluhuoneeseen vedettiin rivakasti auki ja paikalla olleet poliisit katsoivat kiukkuisesti sisään tulijaa.

– Keitele, perkele, etkös sinä osaa edes koputtaa, Häkkinen pauhasi. Säikähdys purkautui yhdeltä jos toiseltakin puhtaana kiukkuna. – Mitä helvettiä sinä oikein touhuat?

– Se vaan juoksi ohi, perässä tullut pelästynyt nuori naiskonstaapeli Mari Metsälä sanoi itku kurkussa.

– No on tämä nyt yhtä helvetin härdelliä, Perttunen tuhahti.

– Missä palaa, kun läpi seinien tullaan? Häkkinen penäsi. – Vähän jonkinlaista käytöstä sentään.

– Nyt kuule Keitele, perkele! Jaksatkos sinä saman tien vaappua kotiisi vai lähdetkös putkaan? Kääpä kysyi ääni kireänä kuin viulun kieli.

– Mitä mä himassa tekisin? Mä tapasin pari viikkoa sitten yhden ihan himmeen pariskunnan, ihan kuin ne olis olleet varjojen maasta kotoisin. Mä olin niillä tai Orilammella mä olin, mutta bunkkasin niitten laskuun pari viikkoo sohvall. En voinut jättää niitä kesken kaiken, siellä Orilammella oli niin hyvä buugi, mahtava buugi, mutta nyt mä oon tässä ja sanon, mitä mun pitää sanoa, vaikka voin mä tulla takasinkin, kunhan olen vähän paremmassa timmissä, jos se on parempi niin, vai mitä?

– Mutta jos mä nyt kuitenkin sanon, kun kuulin kylältä, että se Harjunmäen Leena olis tapettu. Olisin mäkin sen mielelläni aina joskus kuristanut, mutta toisaalta mä ymmärsin sitä. Ymmärsin sen vaikeuksia ja sitä tietynlaista menoa ja kurjuutta. Jos ei ollut kehumista Leenassakaan, nii se sen miniä on ihan dorka ja siitä saattaa uskoa mitä vaan. Ihan mitä vaan. On se sellainen käärmeenpesän kasvatti. Se siinä kyllä on, että onhan se upee nainen. Kaikin puolin noin fyysisesti upee, tarkotan.

– Varsinainen Suur-Pietarin kasvatti ja hiton vaarallinen siksi. Se on tyrkyttänyt ympäristölleen sellaista tietoa, että olis muka lentoemo, mutta paskat se mikään pilvipiika on, ihan rehellinen huora se on. Se Seppo, se Leenan poika on mun frendi ja se aina kertoilee siitä eukostaan, mutta ei se teille tule siitä valittamaan tai sen ammattia esittelemään. Sillä Sepolla on sellaiset hassut lojaalit teot tai ajatukset tai molemmat. Se akka on kaiken lisäksi karseen väkivaltainen. Kerrankin se oli istuttanut Sepeä fileerausveitsi kurkulla kokonaisen tunnin ja päästänyt vasta sitten irti, kun kuuli anoppinsa tulevan tuville. Jälkeenpäin se oli sanonu Sepolle, että se homma otetaan pian uusiksi, sillä puukkohippaa ei esileikkinä voita mikään.

– Menes Mari sinne toimiston puolelle, kun kuuluu puhelin soivan.

– Ei siellä mikään soi, Keitele sanoi avuliaasti. – Toi Häkkinen vaan yrittää suojella sua rumilta ja tuhmilta sanoilta ja asioilta.

– Hiljaa Keitele!

– Mikset ole käynyt aikaisemmin kertomassa tätä? Tässähän on jo vierähtänyt aika tovi emännän kuolemasta. Harjunmäen emännän kuolemasta, Harri Kääpä kysyi hieman epäuskoisella äänellä. – Mikä sut nyt herätti?

– Jeputi, jeputi, aikaa on kulunut, aikaa on kulunut, mut mä olin ensin pari kuukautta Köpiksessä ja vähän aikaa Stokiksessa ja jäi toi Suomen vapaa lehdistö tutkimatta ja sitten kun mä sieltä Köpiksestä ja Stokiksesta palasin, ei meinannut raittius lähtee irtoomaan millään. Sellasta hurjaa tinttaamista. Elämä on mennyt muutamia viikkoja kuin uni ja varjo, kuten tavataan sanoa.

– Aattelin vaan. Meinaan, jos voisin olla avuksi. Tiedättehän te, että se vanha nainen, joka tuolla rannalla aina joutuu sanasotaan ihmisten kanssa, on Seppo Harjunmäen mummo, siis sen isän äiti, vaikka se isähän on jo kuollu. Se Saarelan mummoks sanottu on sieltä Saarelasta kotosin. No se siitä... Sen verran, että sille Seppo aina käy murheensa puhumassa, se on sille vähän kuin äiti tai hirveen tärkee kummiskin ja sen olkaa vasten Seppo tuppaa työntää pahan elämän kauemmaksi. Ajattelin, että jos se vaikka... mistä senkään tietää... Jos se vaikka... Meinaan, että jos se jotain osaisi sanoa...

– Aattelin tulla kuiteskin kertomaan, että se Harjumäen Leenan miniä on varsinainen myrkynkeittäjä. Se on sellanen ilman omatuntoa syntynyt, mutta Seppo on siihen liimassa tosi pahasti.

Sen sanottuaan Keitele poistui poliisitoimiston tiloista juosten. Kukaan ei kuitenkaan puuttunut asiaan. Ainahan hänet sai takaisin hakemalla. Ei se ollut suurikaan vaiva.

10.

Mari, joka oli puhelinpässinä Keiteleen rynniessä sisään, purskahti itkuun.

– Ihan kauhee jätkä. Ei se uskonu, vaikka mä korostin, että meneillä on tärkeä neuvottelu. Se alko juosta pitkin käytävää ja kai se sitten kuuli ääniä täältä kuulusteluhuoneesta, kun se tänne ryntäsi, enkä mä voinut sille mitään. Ei sille kukaan mitään voi. Se on selvänä ihan jees, mutta humalassa kuin haukka.

– Niinpä niin, Häkkinen sanoi. – Eivät ne ole hullut hääviä, oli ne meillä tai muualla. Tuokin poika tuossa… Sehän ei ole tollanen ollenkaan, ei. Keitele on mies, joka hoitaa asiansa, ei ole retkumainen holisti, mitä asiantilaa hän mieluusti kuitenkin ylläpitää ja haluaa ihmisten uskovan kurjuuteensa, ihan kuin olisi häpeä olla mies, joka hoitaa hommansa kiitettävästi ja pitää torppaa, vaikka sitten joskus törpöttelisikin, mutta hillitysti. Miksi se niin tekee, sitä ei ymmärrä kukaan. Mikä näitä "keiteleitä" oikein vaivaa? Sen sijaan, että ne olisivat rinta rottingilla kuin Forssan pulut, ne yrittää saada ihmiset uskomaan, että niistä ei ole mihinkään, Häkkinen purki tuntojaan.

– Jesus, Repe möläytti ja käänsi katseensa lattiaan.

– Mä luulen, että ne karkottaa poispäin tota toista sukupuolta.Ymmärrättekste? Jätkät saa olla rauhassa akoilta, kuka sitä nyt jotain dokua viittis lähestyä tositarkoituksella? Ei niin kukaan, ei ainakaan tässä kylässä. Tarttis mennä merta edemmäs kalaan, vai mitä?

– Nekin törpöttelyillat ovat kuin jonkinlaisia näytösotteluita, jotta ihmiset näkisivät, miten Keitele kestää viinaa vetää.

– Oletsä käyny sen kotona? Perttunen kysyi. – Millasta siellä mahtaa olla?

– Ihan tavallista. Aika karua, kuten emännätön huusholli tuppaa olemaan, mutta puhdasta. Pihamaalle se kyllä on kerännyt kaikenlaista härpäkettä, mutta ne kuuluvat kundin rekvisiittaan.

– No jo on. Menehän Mari vastaamaan, kuuluu puhelin soivan. Saas näkee, mitä sieltä nyt mahtaa olla tulossa.

Mari pyyhki silmiään mennessään puolijuoksua kohti puhelinta. Puhelimessa oli kosmetologi Tytti Heimola ja kuultuaan, mitä tällä oli asiaa, pyysi häntä viivyttelemättä käymään poliisitoimistossa. Tytinkin silmät olivat punaiset itkusta.

– Mun oli pakko tulla tänne, Tytti sanoi ääni paksuna. Olisin mä tullut vaikka et olisi käskenytkään, Tytti haroi hiuksiaan ja kaiveli välillä vasemman käden kynnellä oikean käden kynnenalusia. Tytin istuttua aikansa Marin luona hiljaa puhumatta, Mari löi kysymättä hänen käteensä kahvimukin. Tytin pitkät solakat jalat eivät pysyneet hetkeäkään paikallaan vaan liikkuivat sinne tänne.

– Hei tää kahvi on ihan makeeta, Tytti parahti. En mä voi syödä sokeria, linjat ei kestä, mä turpoon heti.

– Nyt saat turvota ihan rauhassa. Sokeri auttaa tällaisessa tapauksessa, varsinkin kun olit tullessasi aivan vauhko. Mielenrauhaa Tytti, mielenrauhaa.

– Kuka tahansa olisi vauhko, jos kokisi itsensä koko ajan seuratuksi ja takaa -ajetuksi. Mä olen sen Harjumäen Leenan taposta lähtien tai paremminkin sen ruumiin löytämisestä saakka tuntenut, että joku seuraa mua koko ajan. Olen pannut putiikin sisäpuolelta lukkoon ja avaan oven vasta kun olen varmistanut, kuka pyrkii sisään. Jos kyse ei ole asiakkaasta, joka tulee ajallaan tai henkilöstä, jonka varmasti tunnen, en avaa ovea, en. En halua tulla tapetuksi.

– Miksi ihmeessä minä meninkin kuuntelemaan sen hupakon eli lepakon juttuja? Olishan mun pitänyt tietää, että sillä tavoin vain asetan itseni vaaralle alttiiksi, kuten Leenakin, mutta kun se Leena tuntui olevan niin vahvasti siinä yksityisessä tuskassaan onneton, en raaskinut olla kuuntelematta sitä ressukkaa, kun se oli niin yksinkin. Ja helppoa sen kuunteleminen oli. Sillehän ei tarvinnut kuin aina välillä sanoa "juu ja jaa", se piti kyllä huolen puhumisesta, mutta kaikki nämä asiathan olen jo kertonut aikaa sitten.

– Nyt haluan, että tämä seuraaja karistetaan kintuiltani. Minä en enää jaksa, en jaksa.

– Älähän nyt, Mari sanoi ja rutisti Tyttiä olkapäästä. Voihan olla, että sinusta vain tuntuu siltä, että sinua jahdataan. Joskus järkytys tekee sellaista. Minä käyn kohta hakemassa Harri Käävän, jospa hän… Mutta juo nyt ensin se sokerikahvisi.

– Minä kun en luule, minä tiedän, mutta kiitos Mari, kiitos. Ymmärräthän sinä, ettei minun pussini tällaista katoa kestä, kun en uskalla edes ottaa asiakkaita vastaan. Tänäänkin jäi Karoliina hoitamatta ja

71

meikkaamatta, vaikka hänelle olisi tullut juhlameikki. Tiedä sitten mitkä juhlat nekin ovat. Täällä ne kuitenkin on Mäntyharjussa, vaikka Karoliina onkin täällä kotonaan vain viikonloput.

– Olihan sillä Leenalla siellä peräkylällä se poikakin ja miniä, samassa taloudessa, miten se nyt niin yksinäinen oli?

– Oli se vaan. Silloin kun mä tapasin sen, se palasi jutuissaan aina siihen, kun sillä ei ole ketään, kenen kanssa puhua. Poika kuulemma oli sellainen puusilmä, joka suhmuroi kaikki asiat vaikka yritti olla niin isäntää, niin isäntää, Tytti selitti väsyneesti. – Oli se miniäkin kuulemma sellanen... erilainen. Eikä se Leena saanut siihen mitään otetta. Se oli kuulemma vain hokenut, että "mä lähden stadiin, lähden lätkimään täältä. Poikas saa jäädä, pitää sua kädestä. Mä olen kaupunkilainen, en mikään heinäsaapas. Kaipaan elämää, huveja ja valoja ja sitä, sitä... sellaista..."

– Miks sä sitten tänne maalle änkesit, Leena oli kysynyt ja se miniä oli vastannut, että lähinnä tuli katsomaan liiketoimintaedellytyksiä. Mitä liiketoimintaedellytyksiä, Leena oli kysynyt. Mitä sä sillä tiedolla teet, miniä oli sanonut ja jättänyt anoppinsa niille jalkojen sijoille painellessaan kylille.

– Ei se varmaan Leenasta hyvälle tuntunut. Se oli niin toivonut pojan tuovan taloon miniän, mutta eihän se saanut täältä Mäntyharjusta sellaista aikaiseksi. Kaikki kai tunsi sen liian hyvin. Kauan se Leena sitä poikaansa helmoissaan kuljettikin, hyvä ettei sitä essunnauhoihinsa kuristanut. Ja kaupungissa rillutellessaan poika oli sen vaimonsakin tavannut ja heti piti naimisiin päästä. Heti. Yhtään ei jääty katsomaan, olisko likasta tekijäksi. Eikä ollut, se nähtiin pian, siis näissä maatalon töissä.

– No kaikkea kanssa. Sinulle sitten aina sattuu ja tapahtuu. Olet sinä, Tytti, aika erikoinen pakkaus! Että olet nyt kaiken hyvän lisäksi saanut pyrstön pyllyysi. Joku kaiken aikaa kulkee perässäsi, etkä tiedä, millaisia tarkoitusperiä sillä on. Sais kyllä sullekin sattua vähemmän. Mulle ei koskaan satu mitään, Mari sanoi apeasti.

– Nohh, nohh... Jos sattuiskin joskus, niin sen pitäisi olla jotain kivaa. jotain sellaista mukavaa, mutta ei mulle satu. Mä olen kai liian arkinen, että mulle sattuis, Tytti selvitti sekavasti. – Mä teen töitä välillä hullun lailla, mutta tuntuu, ettei käteen jää mitään. Tänään en tehnyt yhtään asiakasta, parin kanssa vähän juttelin ja sitten sanoin, että olin niin huonossa kunnossa, ettei minusta ole työn tekijäksi, en saanut edes Karoliinan juhlameikkiä tehdyksi. Siitä sitä olisi tullut vähän taskunpohjalle, mutta mennyt mikä mennyt.

– Älähän nyt, Tytti kulta, älä. Tytin uudet kyyneleet alkoivat taas tehota Mariinkin. – Kyllä tämä tästä. Varmasti.

– Niinkö luulet? Tytti kysyi ääni paksuna.

– Tietysti. Kääpä tulee... Nyt Marin ääni oli hieman epävarma.

– Niin tulee, niin tulee, vaikka en osannutkaan odottaa tällaista vastaanottoa, kuului käytävältä Käävän iloinen ääni.

– Kas, kas Tytti on tullut meitä helssaamaan. Sepä mukavaa, vai onko? Harri Kääpä kysyi otsa rypyssä nähtyään tytön itkettyneet, kyynelten turvottamat kasvot. – No mikä on?

– Oisko sulla aikaa, Tytti kysyi nikotellen. – Mulla olis vähän asiaa.

– Ajattelin lähteä käymään pankissa, mutta ei ne rahat siellä happane, vaikka käyntiä vähän siirrettäisiinkin. Tulkaahan molemmat tytöt tuonne kuulusteluhuoneeseen. Ottakaa kahvimukit mukaan.

Kun Kääpä oli päässyt kuulusteluhuoneeseen, Perttunen oli hetken ollut yksin huoneessa ja miettinyt, mikä tässä nyt mätti? Kaikki ei suinkaan ollut, kuten olla piti. Viimein hänen katseensa kiintyi pitkään pöytään, jonka ympärillä oli kahdeksan tuolia. Pöytä ei antanut vastausta kysymykseen, joka pyöri hänen päässään, mutta toiseen, lähes turhaan kysymykseen se kyllä vastasi.

Pöydällä oli ollut suklaakonvehtirasia hetkeä aiemmin, vielä silloin kun Keitele oli kiitänyt huoneeseen, vaan eipä ollut enää.

– Se kehveli kähvelsi sen mennessään poliisien silmien alla, Perttunen sanoi itsekseen, voimatta estää ulos pyrkivää naurua. Hän ei edes huomannut, että puhui yksin kovaan ääneen tyhjässä huoneessa.

– Hei Perttunen! Mikä on, mikä askarruttaa? Marttinen kysyi huoneeseen astuessaan kaimaltaan ääni selvästi huolestuneena. – Mikä siis, Timo-kakkonen? Vai sanotaanko pelkkä "kakkonen"? Jos sä tulit täältä Mäntyharjusta rauhaa ja hiljaisuutta hakemaan, niin se oli turha liike, enemmänhän täällä sattuu, kuin Helsingissä. Muuten mäkin olen sitä mieltä, että tälläset jutut, tapot ja murhat tuntuisivat sopivat Helsinkiin paremmin kuin tänne Mäntyharjuun. Vai mitä tykkäät?

– Joo, outoja täällä tapahtuu. Niin kuin se sunkin kummitusnainen... Se nainen on joko löytänyt nuoruuden lähteen tai jäänyt kummittelemaan johonkin helvetin välitilaan. Tuolla Krouvissa minä sen taas näin. Näin nuoruuteni värisyttävien toiveiden naisen. Siinä se seisoi ja nauroi niin kuin se oli nauranut minulle yli kaksikymmentä vuotta sitten.

Perttunen muisti Marttisen sanoneen illalla, että miten joku voi säilyä samannäköisenä lähes kolmekymmentä vuotta.

– Ja miten on mahdollista, että tuossa elämäni naisessa ei ole rypyn ryppyä? Minä tunsin sen kuitenkin heti, mutta se ei tuntenut minua. Katsoikin hyvin yliolkaisesti. Ajattelinkin hakea sinut, jos vaikka yhdessä...

Perttunen oli herännyt kuuntelemaan Marttista.

– Mikä nainen se oikein oli. Siis kuka se oli? Mitä se teki?

– En mä tiedä. Sen muistan, että sen äiti oli venäläinen ja isä suomalainen ja että se oli kaunis kuin kuva. Se nauroi silmät säihkyen minun kömpelöille yrityksilleni kutsua sitä kämpilleni. Joku venäläinen korsto sitä vahti tai oli jonkinlainen turvamies, vaikka ei kai silloin oikein turvamiehistä edes puhuttu. Ja nyt se on taas täällä tämä ihmeellisin olento. Tai oli. Se oli lähtenyt sillä välin meneen kun kävin vessassa. Kysyin baarimestarilta, jos se tietäisi kuka se nainen oli, mutta ei se tiennyt. Epäili, että joku kesävieras tai Taidekeskuksen kävijä.

– Marttinen, perkele, humalassa keskellä päivää... Perttunen katsoi kumppaniaan huolestuneena. – Oletkos tyhjentänyt sen minun hoitopulloni vai...

– Miksi minä olisin humalassa? Ja sun hoitopullostasi olen kaksi kertaa antanut huikat, ettei se kuole deliriumin iskiessä käsiin.

– Kai ton ittekin tajuut, miksi mä alan olla varma sun humalatilastasi. Rupeet puhuun kummituksista ja ties mistä muusta keskellä työpäivää.

75

– Minkä mä sille voin, että se oli Krouvissa? Ohimennen siellä pistäydyin, mutta että pitikin jättää se vartiotta, mutta ajattelin, että asialle olisi todistaja hyväksi.

– Mutta kun tuo tai se nainen ei kuulu tänne, se kuuluu vanhainkotiin. Edellyttäen, että sun jutuissa on vähänkin perää, Perttunen yritti. – Jos se silloin aikanaan oli kahdenkymmenen ja siitä on aikaa kai kolmekymmentä vuotta, niin sinun on uskottava, että kyllä se unelmiesi enkeli on ainakin viidenkymmenen ikäinen ja melkein valmis vanhainkotiin.

Perttunen tutki kengänkärkijään ja kumartui sitten katsomaan Marttista. Lopulta hän päätti puhua mieltään painavasta asiasta.

– Tämä nainen, josta puhuit aamulla, on joko löytänyt nuoruuden lähteen tai jäänyt kummittelemaan.

– Mitäs te, Timot, täällä oikein olette kehittäneet? Häkkinen kysyi muka huolestuneena. – Eiköhän juoda kuppi kahvia, ehkä ajatus siitä vähän selkeää. Luulin, että alatte ihan tosissaan seota tai olette umpihumalassa, mutta nyt luulen tietäväni... ymmärtäväni, miten kaksikymmentä vuotta tässä naisessa ei näy.

Häkkisen katse siirtyi miehestä toiseen moneen kertaan ja Marttisen peukalon kynsi hankasi ennestään naarmutettua pöytälevyä vinhasti.

– Sinä siis muistit sen jutun, jota parikymmentä vuotta sitten tutkimme Kouvolan poikien kanssa, Marttinen kysyi Kalle Häkkiseltä, samalla selventäen tilannetta Perttuselle.

– Kas me käytiin kerran Kouvolan poikien ja ton Häkkisen, minun ja meidän vallesmannin kanssa tuota... käytiin sitä Valkealan motellia katsastamassa tai sitä mikä se nyt sitten oikein oli, se motelli, sellanen bordelli

76

ja ihan keskellä kylää. Sen toiminta alkoi olla kovin näyttävää ja laajamittaista Mäntyharjullakin, siihen oli puututtava, puututtavahan siihen oli tietysti muutenkin, mutta ei ehkä niin isolla kiireellä, kun sitten kuitenkin jouduttiin puuttumaan. Se herätti niin pirusti pahennusta meilläkin kuten sanottu. Käytiin vähän siivoamassa sitä, jos niin voisi asian ilmaista.

– Joo, niin käytiin, Marttinen vahvisti. Olihan siinä katsomista jos oli siivoamistakin. Täysmittainen, vuoteesta siepattu lakana oli pingotettu parvekkeelle kaikista neljästä kulmastaan ja siinä luki kirjavan kissan kokoisin kirjaimin, että PILU 50.

– No mutta Marttinen, Häkkinen sanoi muka kauhistuen moisesta moraalia loukkaavasta puheesta ja toiminnasta. Ei sustakaan olis uskonut, rakastava isä, puoliso ja kaikki...

– Älä paremmin sano, Perttunen sanoi innoissaan.
– Nyt toi Marttinen jostain syystä muisti sen Valkealan raviradan ja alkoi käyttäytyä oudosti. Se sano, että oli nähnyt kummituksen. Ja varmaan on nähnytkin. Kas, kun kummitus on se nainen, joka johti sitä Valkealan bisnestoimintaa. Mutta eihän se voinut... Sehän olisi jo vanha akka, eikä nuori enkelinkaunis nainen, kuten Marttinen väitti tämän kummituksensa olevan. Sellaisten kummittelijoiden ei pidä olla vapaana. Eiköhän panna se linnaan tai ainakin tarkastella vähän tarkemmin, kenestä tässä oikein on kysymys.

– Joo, miksei, kun ensin katsotaan mistä saataisiin se syytteeseen, Marttinen sanoi jo hieman tasaantuneena.
– Kun meidän siellä bordellissa käynti aiheutti sen, että se oli pakko sulkea sellaisella hiton kiireellä, niin ne sutenöörit vai mitä ne nyt sitten on, joutu kauheella

77

kiireellä hakeen tytöille uutta työtilaa ja joku neuvoi ne Orilammen Lomakeskukseen.

– Siitä se piirileikki alkoi ja vei pitkäksi aikaa Heikki Vesalaisen mielenrauhan. Työtilaa vailla olevat neitokaiset soittivat ja tilasivat huoneita Orilammelta. Heti kukaan ei edes tajunnut miten hiljainen ja tehokas invaasio oli Lomakeskusta kohdannut. Sitten Heikki näki, kun motellin pysäköintialueella eräänä aamupäivänä myytiin tupakkaa ja viinaa varsin näyttävästi ja samalla sovittiin tyttöjen työvuoroista, asiakasjaottelusta ja sen sellaisesta. Sutenöörit räknäsivät hintoja tunti-, yö- ja vuorokausitaksoissa. Häkkinen selvitti asiaan vihkiytymättömille kollegoilleen.

– Kaikki kävi niin sutjakkaasti, että poliisi ei perässä pysynyt, Marttinen selvitti posket punaisina. – Tai siis pysyi perässä. Mutta rahkeet eivät riittäneet edes rinnalla nousemiseen, saati edelle pääsemiseen.

– Vaan putosi se sitten käteen kuin kypsä marja. Kaikki oli niin vimpan päälle suunniteltu ja osin jo toteutettukin, kunnes Heikki Vesalainen huomasi, missä mennään ja tuhosi nupullaan olleen maailman vanhimman liiketoiminnan Orilammen alueella, tuottaen monelle miehelle kaihoisan, pahan mielen.

– Että silleen. Tulin muuten sanomaan, että tuli toinen kirje, tuumasi Häkkinen.

11.

Aamukahvia lipitellessä ja puhellessa joutavia, Repe Ruotsalainen säikäytti koko miesjoukon hihkaisemalla melkein hätääntyneenä uutisensa.

– Minä meinasin ajaa tänään Uutelan tiellä hirvikolarin, Repe kailotti ja muut jäivät hetkeksi miettimään, mikä oli se assosiaatio, mikä oli herättänyt Repen ajattelemaan ensin ilotaloa ja sitten hirvikolaria. Perttusta ei turha hienovaraisuus painanut.

– Olisit nyt odotellut lähtöäsi Marin luota hieman pitempään. Aamuhämärissä ne hirvet eniten liikkuvat. Olisit antanut aamun mennä hieman valoisammaksi ennen lähtöäsi. Perttunen sanoi totisella naamalla, mielessään hykerrellen.

– Turpa kiinni Perttunen, Repe sanoi, punastui ja poistui kahvihuoneesta.

– Että näinkö on marjat? Häkkinen kysyi. – Mikäs, mukavaahan se on, jos nuoret on löytäneet toisensa.

– Ans kattoo nyt, Marttinen tuumasi. – Kun ne nyt ymmärtäisi antaa itselleen ja toisilleen vähän aikaa, etteivät turhaan pitäisi kiirettä, Perttunen sanoi huolestuneena.

– Sillä kun tällä Repellä oli se monen vuoden suhde siihen Marjaan... Sekin pitäisi ensin surra pois.

– Marja on mun kaveri, Repe hihkaisi.vielä ovelta.

– Siis kaveri, painakaa pahkaanne.

79

– Ennen niitä sanottiin serkuiksi, Perttunen sanoi tasaisen rauhallisesti, melkein isällisesti.

– Turpa kiinni Perttunen! Se ei kuulu kenellekään missä minä ajelen, kuului oven raosta. – Tai ketä tai mitä suren.

– Ei, ei tietenkään, ei tietenkään, mutta nyt kun kerran tuli puheeksi, Häkkinen sanoi. – Sen verran utelias kuitenkin olen, että haluaisin tietää, mikset sinä tuonut Maria työmaalle tullessasi?

– Kun en tuonut niin en tuonut... Se tulee omallaan, Repe sitten sanoi ja punastui näyttävästi niin, että se näkyi Krouvin hämärässäkin. Perttusen kävi ihan sääliksi nuortamiestä. – Eihän siinä mitään, ei niin mitään. Sutjakka tyttöhän se Mari...

– Perttunen perkele!

– Hyvä on, hyvä on.

Helpottaakseen Repen tukalaa tilannetta, Marttinen kertoi, että heidän pihallaan oli pihlajassa istua tököttänyt melko pitkään palokärki ja se on sentään melko harvinainen juttu, että ne ihan pihapiiriin, korven eläjät...

– Johan on ollut rohkea punalakki. Eiks ne ole juuri sellaisia viestintuojia? Perttunen kysyi. – Kuoleman viestinviestin viejiä tai tuojia, jos en väärin muista.

– Mitä helvettiä, Martikainen melkein parkaisi. – Kyllä tässä on kuolemaa ihan liian kanssa ilman, että palokärki kärkkyisi lisää niskan takana. Vaikka jotain tuollaista se minunkin mummoni aikoinaan näistä palokärjistä höpisi, että jos tämä punalakki istahtaa piha pihlajaan, se tietää naisen kuolemaa. Miehistä ei puhuta.

– No kuulkaas nyt, Harri Kääpä sanoi ja vilkaisi tavan takaa selkänsä taakse. – Nyt lähetään täältä töihin ja jatketaan höpinöitä illalla, jos ne vielä kiinnostaa. Jos yksi bordelli on hävitetty jossakin vuosia sitten niin etsitään, missä luuraa toinen. Se on sitkeä ammatti. Pysyy hengissä tukevasti palokärjistä huolimatta. Maailman vanhin ammatti sentään. Siinä tutkintalinjassa meillä onkin kosolti hommia täksi päiväksi. Tässä meillä onkin pohdiskeltavaa. Täysin päättömässä jutussa. Tällaiset jutut saa funtsimaan, että meitä vedätetään ja vahvasti sittenkin.

– Ja epäilemättä moneksi muuksikin päiväksi, Häkkinen tokaisi. – Mitä jos aloitettaisiin tässä illan koittaessa Orilammelta?

– Kyllä Vesalainen olisi ilmoittanut, jos sillä suunnalla olisi jotain ollut havaittavissa. Martikainen ilmaisi itseään yllättävän tiukasti. – Ei Heikiltä sellainen jää huomaamatta. Ei toista kertaa.

– No ei se ainakaan täällä Mäntyharjussa ole, Repe sanoi närkästyneenä. Mä olen joukon nuorin, mulle se olisi varmasti jossain mutkassa näytetty ja esitelty, mutta ei, eihän täällä ole mitään tilojakaan.

– Vai ei ole! Muutaman sängyn tila löytyy vaikka heti tarvittaessa. Pitkin pitäjää on tyhjiä omakotitaloja, joista suunnitella mieleisensä. Ja jos ahtaaksi alkaa käydä, uusia majoitustiloja on koko ajan tulossa lisää. Olen kuullut, että nyt olisi vanhan asemarakennuksenkin tilat tyhjillään.

Vaikka Marttinen sanoi sanottavansa leikillään eteisessä ulos mennessään, kenellekään ei jäänyt epäselväksi, etteikö hän kaikesta huolimatta ollut tosissaan.

– Tuskin tänne suurempaa tungosta on tulossa, vaikka se ilotalo olisikin jo tapetilla. Perttunen sanoi. – Ajatelkaas nyt! Kaikki tuntevat toisensa, siinä käy asiakassuhde hankalaksi, kun on koko ajan pelko persuksissa, että emäntä saa tiedon ettei isäntä olekaan

81

kirkkoneuvoston kokouksessa vaan ihan muissa taivaalliselta tuntuvissa puuhissa.

– Alkakaas tulla, nyt aletaan painaa hommia viimeisen päälle. Veikkaan, että pomo Mikkelistä on täällä oven takana varsin aikaisin aamulla. Olis kiva, jos sille olis jotain muutakin näytettävää tai siis kerrottavaa, kun laitoksella roihuava nuori lempi, joten nyt hommiin, Kääpä sanoi turhankin tiukasti. – Nyt pulinat pois ja Repe lakkaa kurtistelemasta. On miehen pientä kiusaa kestettävä. Samalla Mari syöksyi huoneeseen rytinällä pahemmin koputtelematta. Hän oli hengästynyt ja peloissaan. Repe pomppasi ylös tuolistaan kaataen touhutessaan Martikaisen kahvimukin.

– Tulkaa apuun se Keitele tekee varmasti kuolemaa.

Jokainen mies ryntäsi putkatiloihin. Keitele oli pantu puhuttelun jälkeen säilöön miettimään, voisiko hän muuttaa antamaansa lausuntoa ja ennen kaikkea täsmentää sitä totuudenmukaisemmaksi. Tosin näyttöä ei ollut siitäkään, että Keitele olisi puhunut puuta heinää. Asia saattoi hyvinkin olla niin kuin mies sen kertoi.

Pahassa kunnossa mies oli silloinkin kuulustelun aikaan ollut ja viikkojen juominen näkyi hänestä. Häkkinen ihmetteli Keiteleen tilannetta. Mies ei suinkaan ollut mikään viskisieppo, päinvastoin. Häkkinen oli parikin kertaa huomannut, miten Keitele seurueessaan oli vain juovinaan. Nosti lasin huulille ja nielaisi tyhjää. Kun kaverit eivät huomanneet Keitele oli läikäyttänyt lasistaan osan lattialle siivoojan kiusaksi.

82

12.

Putkassa Keitele kouristeli lavitsalla selkä kaarella Hiki virtasi pieninä noroina ja imeytyi paidan kaulukseen.
– Soittakaa ambulanssi, Häkkinen sanoi ääni kireänä. – Sanokaa, että nyt on kiire.
– Auttakaa nyt helvetissä, Keitele sanoi ja sai itsensä jotenkin käännettyä selälleen ja karjaisi samalla tuskasta, selän kouristaessa aina vain suuremmalle kaarelle. – Nyt tarvis viinaa ja pian. Nyt tarvis... Perttunen katsoi miestä hetken ja lähti juoksemaan huoneeseensa. Hän sieppasi koskispullon laatikosta ja painoi samaa kyytiä takaisin.
– Oikein hyvä juttu Timo, mutta miten luulet Keiteleen kykenevän nielaisemaan tuossa asennossa? Selkä on kuin Hattulan kaarisilta.
– Lupasko se lanssi tulla, Häkkinen kysyi. – Tällä pulssikin ravaa pitkälti kahtasataa. Nopea apu olisi nyt todella tarpeen.
– Ne on jossain Ristiinassa. Ne ei ole vakituisia, jotain keikkailijoita, mahtaako ne heti edes löytää tänne.
– Löytäähän ne, onhan niillä laitteet, Perttunen sanoi ja ojensi lasia Keiteleen vispaavaan käteen. Hän auttoi miestä saamaa juoman suuhunsa. Siitä huolimatta suurin osa läikkyi vaatteille ja Perttunen ojensi uudelleen lasia Repelle. – Pane pari senttiä, meni äsken kaikki vaatteille.

83

– Onks tää nyt varmasti asiallista ja oikein? Marttisen ääni oli huolestunut ja hän hankasi oikean käden sormilla vasenta kämmenselkää. – Meinaan ettei tule jälkipuheita.

– Jos mitään ei tehdä, se saattaa kuolla käsiin. Onkse sitten parempi vaihtoehto. Mä tiedän, että delirium iskee, kun viina loppuu. Kai viina sitten jotenkin saattaisi auttaa, vai mitä? Ainakin on sitten yritetty, eikä seisty tumput suorana.

– Kääpä, kuule... Keiteleen ääni värisi ja miehen oli vaikea sitä tuottaa, mutta sinnikkäästi hän yritti. – Kysele siltä Minna Lähteen asianajajalta sen Minnan sedän testamentista. Luulen, että siitä saattaisi olla apuja... Sellasta vähän puhutaan, mutta niin aina... Ainahan täällä puhutaan. Mä vaan ajattelin, että jos jotain apuja...

– On, on apuja kiitti vaan. Taitaa ambulanssi tullakin. Yritähän jaksaa.

– Ohhoh! Onpa siinä nuori mies pannut itsensä pahaan kuntoon, ambulanssin kuljettaja sanoi naamaansa venytellen.

– Älähän nyt! On siinä vähän viinaakin tarvittu, totesi nainen. joka istui vielä pelkääjän paikalla ja kaiveli jotain istuimen sivulta. Verkkaisin ottein hän veti esiin pienen mustan kotelon ja ruiskun. – Pannaan nyt sitten... B- vitamiinia tai jotain, mitä lie sattuu tuutissa olemaan. Pitäähän sut saada sellaiseen kuntoon, että jaksat taas juoda ittes tällaiseksi. Tosin kaltaistesi avulla kohennetaan valtion budjettia. Sillä niin se vaan on, että enemmän te juomisellanne tuotte kun mitä hoitoihin menee. Tilastotkin näyttävät, että viinankäyttö on vähentynyt, mutta jos Viron viinat otetaan huomioon...

– Eiköhän riitä, Perttunen tiuskaisi. – Hoitakaa työnne, jos teistä siihen on ja viekää potilassairaalaan.

– Asiakas, nainen sanoi nenäkkäästi. – Asiakkaat ovat Alkossa, potilaat ovat hoidossa. Tämä jätkä on asiakas ja hyvä onkin, vai mitä?

Repe katsoi uupunutta ja tuskaista Keitelettä, joka oli saanut kaksi ruisketta, mutta mitä ne olivat, jäi arvailun varaan.

– Jos ensiapu on annettu, niin sen sätkän voi nostaa ylös ja heittää tuohon pyttyyn ja eikä sitten muuta kuin menoksi, Martikainen sanoi ääni kylmänä.

– Mitä helvettiä...

– Teille kuuluu potilaan asiallinen hoito, ei arvostelu, onko ymmärretty? Vai pitääkö ruveta toimiin käytöksenne selvittämiseksi? Esimiehenne olisi varmasti tyytyväinen, jos kuulisi käytöksestänne.

Sanaakaan sanomatta, ilmeillä mielipiteensä esittäen ambulanssin henkilökunta lähti kohti sairaalaa.

– Nyt sitten töihin, Harri Kääpä sanoi tiukasti. – Ei tästä tule enää hittojakaan. Päivä kohta puolessa, eikä töistä tietoakaan. Ota sinä Perttunen selville, kuka se Minna Lähteen asianajaja on. Jututa sitä ja yritä saada se kertomaan, mitä testamentti oikein sisältää ja Repe puhuttaa sitä Minnaa samalla. Se tyttö näyttää kovikselta, mutta hyvin on hentosieluinen, kuten sanottu, joten ole sille kiltti, mutta älä setämäinen, siitä se saattaa hermostua.

– Minä lähden tapaamaan sitä Seppo Harjunmäen mummoa, Häkkinen sanoi. – Jos vaikka onnistuisin sen tädin kanssa. Tosin Repen mahdollisuudet olisivat paremmat, mutta toisaalta vanha rouva tuntee minut pitkältä ajalta. Ja voihan Repe jatkaa, jos minun ja rouvan jutut hakaantuvat.

– Turhaa puhetta... Se testamentin avaaminen...
Mitä luulette sen tuovan esiin? Minna Lähdettä te tietysti
veikkaatte, mutta huomenna nähdään muut mahdolliset
perijät.

13.

Häkkinen oli kysynyt Perttuselta aamulla, lähtisikö tämä puhuttamaan Lähteen perheen asianajajaa. Tietysti hän oli suostunut. Kävellessään torin läpi, hän tunsi olevansa hieman sekavissa tunnelmissa. Hänen virkakautensa alkaisi Mäntyharjussa vasta parin viikon kuluttua, mutta Häkkinen oli eläkkeellä eli kokonaan irti virastaan poliisissa. Kumminkin he molemmat hääräsivät tämän kummallisen jutun kimpussa aivan kuin se olisi heidän omansa.

Toisaalta he raportoivat tutkimuksensa virassa oleville kollegoilleen, ikään kuin nämä olisivat itse ehtineet tehdä sen, mitä ei aikaansaanut edes viisi yritteliästä poliisia. Perttunen antoi keräämänsä tiedot Harri Käävälle ja Häkkinen toimitti saaliinsa Repe Ruotsalaiselle. Siltä osin asiat olivat hyvin, jos asiaa katsottiin miehistöpulaa kärsivän Mäntyharjun poliisitoimiston kantilta. Vähemmän hyvin ne taas olivat, jos tilannetta tutkailtiin Mikkelistä päin. Pomo tuskin olisi ollut mielissään mokomasta asiasta, mutta eihän hän ollut edes tietoinen nykyisestä asiantilasta ja sitä mitä silmä ei näe, ei sydän sure.

Asianajotoimiston oven avasi komeasti harmaantunut herra, jonka hymy oli hyvin niukka ja toispuolinen.

– Rikosylikonstaapeli Timo Perttunen, oletan?

– Sama mies.

– Niin oletinkin. Käykäähän sisään. Minä olen varatuomari Erkki Heino. Se teidän asiahan oli virka-asia, eikö niin?

– Nohh, miten tuon ottaa. Aloitan vasta kuun alusta, mutta…

– Mutta hellämielisenä puratte jo nyt jutturuuhkaa poliisitoimessa. Mikäpä siinä, kyllä se minulle sopii. Te halusitte puhua edesmenneen päämieheni Juho Lähteen testamentista? Ymmärsinkö oikein?

– Niin. Tutkittavana on kaksi murhaa, Jarmo Siltalan ja emäntä Leena Harjunmäen. Juho Lähde ja Minna Lähde ovat ihmisten puheissa tiukasti sidottu toisiinsa. Kerrotaan, että Minna olisi ainut perijä veljesten sekä Juho että Jalmari Lähteen jälkeen, ja että kummankin jättämä perintö on huomattava, mutta ei nostettavissa, vai miten voisin asian ilmaista.

– Tulihan tuokin tuosta ihan selväksi, tuomari Heino sanoi hymyillen. Noinhan ne kylällä juttelevat asiasta. Luulen, että jutun on pannut liikkeelle nyt jo vainaja Leena Harjunmäki. Hänellä oli kovasti sellaisia taipumuksia.

– Niin kuuluu olleen.

– Tunnollinen ja ahkera ihminen hän oli. Kyllä Juho huoletta sai jättää hänelle avaimet matkalle lähtiessään, jotta hän pääsi kukkia kastelemaan ja kissaa syöttämään. Hän kävi siivoamassa emännättömälle Lähteelle ja oli paikalla, kun satuin soittamaan Jalmarille, siis Jalmari Lähteelle.

– Pyysin Jalmaria palauttamaan hänellä hyväksyttävänä olleen testamentin. Ja eikös tämä pahanilman lintu sattunut paikalle myös silloin, kun Jalmari soitti minulle ja kirosi kuin turkintekijä sitä, että ei muistanut, mihin oli testamentin pannut. Hän oli tarkka mies ja siksipä se katoaminen tuntui niin oudolta. Kysyin Jalmarilta, oliko hän varma, ettei sitä oltu viety ja hän vastasi, ettei sellainen tullut hänen mieleensäkään. Minun mieleeni tuli heti. Siksi minä siihen, että tehdään uusi, mutta minä en ennätä tehdä sitä tänään, sovitaanko, että huomenna. Kiirehän uudella oli, koska kadonnut testamentti oli voimassa.

– Että sillä tavalla, Perttunen sanoi.

– On se kumma juttu… Välillä tuntuu siltä, että elämäämme hallitsee joku muu, kuin me itse.

– Silläpä tavalla hyvinkin. Joskus elämä tarjoaa, kummallisia asioita ja isoja sattumuksia, minkä rikospoliisina varmasti hyvin tiedättekin.

– Totta. Tämä Minnan isän asia lienee ihan selvä?

– Selvä kuin mikä ja omaisuuden siirto Minnan nimiin on parhaillaan käynnissä.

– Entä kuka perii Minnan, jos hän ei ole naimisissa tai on lapseton?

– Pari kaukaisempaa sukulaista. Kaikkia ei ole vielä ehditty edes saada kiinni.

– Hyvänen aika… Kysymys on kuitenkin suurista summista.

– Sanokaas muuta.

– Kiitos nyt, Perttunen sanoi. – Voinko tulla toistenkin, jos jotain sattuu välähtämään mieleeni. Tarkoitan sellaista, missä juuri teistä olisi apua.

– Tietysti, ilman muuta.

Kävellessään kohti virastotaloa, Perttusta kaiveli asia, jota hän ei saanut mieleensä. Jotenkin se kuitenkin liittyi testamenttiin.

Mitä se olisi voinut olla?

14.

Päivä oli luvattoman kirkas. Tuntui kuin aurinkolaseista ei olisi mihinkään. Repe Ruotsalainen kiukutteli ajellessaan vanhaa koivukujaa kohti Keiteleen taloa, jonka rapistunut ulkoasu suorastaan syöksyi silmille kirkkaassa auringon paisteessa. Ovi ulkoeteiseen oli auki. Repe vetäisi sen vimmalla kohti itseään. Seuraavan oven, josta päästiin tupaan, hän avasi jo siistimmin. Hän huokasi hiljaa, huomattuaan, että Keitele istui ikkunan edessä lukemassa lehteä. Enää ei tarvinnut jännittää, oliko mies kotona eli ei.

– Kato, Repe! Mikä sua juoksuttaa? Kerro vaan ihan avoimesti, Keitele aloitti.

– Älähän kuule hattuile...

– Enhän minä. Miksi minä hattuilisin? Korkeintaan joskus vähän kettuilen näin vanhojen koulukamujen kanssa. Omatuntoni ja rekisterini on puhdas, kuten hyvin tiedät ja olen aina pyrkinyt täyttämään kansalaisvelvollisuuteni. Poliisiakaan ei tarvitse pelätä. Mitä nyt välillä vähän... Mutta on se viinan vimmattu kuulemma sinullekin joskus maistunut.

– Minä en tullut virallisella asialla...

– Älä! Miksi sä sitten tulit? Iltakahvilleko?

– Ajattelin, että voisimme jutella kuten entiset koulukaverit konsanaan.

– Voihan hitto sun kanssas. Vähän sä oot siisti. Kävelet vaan ovesta sisään…

– Niin.

– Niinkö sä ajattelit? No, mistä me nyt sitten juttelisimme? Eihän me mitään erikoisempia kamuja koulussakaan oltu. Senkö Harjunmäen Leenan kuoleman… Sen kun mä kävin siellä sun työmaallas. Senkö takia sä…

– Siitä voitais aloittaa.

– Vähän yksipuoliselta kuulostaa ihan totta puhuen.

– No, anna tulla. Mitä sä suotta panttaat. Sovitaan, että sä kysyt ja mä vastaan, ainakin noin aluksi.

– Että suoraan kiinni vaan!

– Vähän niin kuin sillai, että mies saa ja nainen antaa. Muista kuitenkin, että jos tästä sinulle tai poppoollesi jotain iloa koituu, minä jaan sen kanssasi tai siis kanssanne. Sinä saat ja minä annan. Ja toisinpäin, kun se aika koittaa.

– Otas nyt suvipukki vähän asiallisempi ote. Repe alkoi hermostua, vaikka hyvin tiesi, ettei siitä koituisi muuta kuin harmia.

– Sellainen ote kuin sulla nyt, vai?

– Hei! Lopeta! Annetaan olla ja aloitetaan alusta. Mä ajattelin, että voisit kertoa mistä ja miten se Harjunmäen Seppo sen vaimonsa löysi? Onko se ihan suomalainen? Suomessa se on syntynyt, sen mä tarkastin, mutta onko sen mutsi venakko?

– Kai se on… Se on pelottava pakkaus ja kasvattanut tyttärensä samanlaiseksi. Sen likan faijasta mä taas en tiedä mitään. Tosin joku sano joskus, että sen jäljiltä jäi kuolettavia onnettomuuksia. Siis sen faijan. Tiedä sitten. Niin ja mulle Seppo kerran sanoi, että sen

91

muija olis huippuampuja, mutta sekin on sellaista kolmannen kertomaa tietoa. Tosin olin mä kerran mukana, kun Seppo, se muija ja yks Perttu oltiin mökillä ja mä grillasin tai kuten pennut sanoo, jillasin makkaroita, keitin uusia perunoita, jotka nostin suoraan pellosta pataan ja väänsin jonkinlaista salaattiakin, mutta loput väestä harjoitti ammuntaa. Mä en muista, että se muija olis ampunut, mutta sen muistan, että Seppo tarjos sille asetta, kun oli ensin asetellut tyhjät tölkit roikkumaan maaliksi pitkin puunoksia. Tää akan kehveli nyökkäs varovasti mua kohti ja sano sitten, ettei häntä oikein huvittanut paukutella.

– Jäikö sulle sellainen kuva, että se daami varoitti hienovaraisesti Seppoa jostakin?

– Jotain sellasta. Sit syötiin ja kundit kävi siinä joen tapaisessa uimassa ja sit lähettiin himaan. Se oli eka kerta, kun näin sen akan läheltä. Hiton upee se oli. Ei sitä turhaan oo mainostettu. Mietin, miten Seppo oli sen pyydystäny...

– Tai se akka Sepon. Sekin on mahdollista.

– Niin tietysti, mutta miksi? Tyhjän jätkän?

– Kaikki ei aina ole rahasta kiinni, korkeintaan rahan hankinnassa. Siinä jo olemassa oleva raha on usein ratkaiseva.

– Että sillä tavalla. Mä en muuten ole pitänyt yhteyttä siihen Seppoon. Tapaamiset on olleet ihan satunnaisia. Aina.

– Jaa.

– Ei mitään jaata eikä joota. Se nyt vaan on niin.

– Meniksä ihan satunnaisesti sinne teatterin katsomonkin alle?

– Sieltähän se tuli! Etsin tarkoituksenmukaista paikkaa ja se tuntu hyvältä, kunnes sen Leenan raato haiskahti ikävän imelästi. Voitasko lopettaa tää paskan jauhaminen? Mä otan yhteyttä, jos satun johonkin tarpeelliseen törmäämään.

– Miksei... Pari kysymystä vielä kuitenkin, jos sopii.

– Mikä ettei, annahan tulla.

– Miks sä naamioit elämääsi holtittomaksi? Miks sä haluut käydä juoposta ressukasta, vaikka olet säntillinen kuin pikajuna.

– Tämä juttu ei mitenkään liity käsillä olevaan asiaan, mutta olkoon. Teen tutkimusta, jos se sua kiinnostaa ja ennen kaikkea jää tän torpan seinien sisälle. Katos kun etsin naista, joka saattaisi kiinnostua miehestä, jolla on kaikenlaista epäilyttävää takanaan ja siis todennäköisesti myös edessään. Ottaisiko joku nainen sellaisen rentun kuin mä siipiensä suojaan, mitä luulet?

– Ei nyt kukaan viisas ainakaan. Tai normaali, miten tuon nyt sanoisi. Kuinka hyvin tunnet Minna Lähteen?

– Hyvin. Ihan hyvin, mutta ei sotketa Minnaa tähän. Ei ole mitään syytä. Sovitaanko niin? Sä muuten ylitit kysymysten määrän. Me sovittiin kahdesta, mutta niitä tuli ainakin kaksin tai kolminkertainen määrä.

– Mutta saanen tulla uudelleen? Ne ylimääräisetkään kysymykset eivät riitä, mutta palataan. Äläkä poistu Mäntyharjulta. Täällähän on ihan kivaa näin kesäisin ainakin.

– En poistu, en. Totta kai pysyn täällä. Vaikka väärää puuta sä kyllä haukut.

– Kuitenkin tulit kertomaan meille epäilyistäsi, sillä niinhän se oli, vai? Epäilit, että tämä Seppo Harjunmäen muija olis tappanut Sepon mutsin.

– Joo, mutta mitä sitten? Sä olisit tehnyt saman tai oikeastaan teetkin, kun kerran yrität selvittää, kuka sen mutsin tappo. On silläkin tekijällä ollut älli päässä. Tappaa nyt vanha raihnainen akka. Tuskin siitä mitään todellista haittaa olisi kenellekään ollut.

– Äläs sano. Sanan säilä on asetta vaarallisempi. Eiks sitä jotenkin noin romantisoida? Väkivallalle on aina löydyttävä joku puolustus. Ja parempi, jos sillä voi näyttää, että tarkoitus tappamiseen on ollut yhteiskunnan etu tai joku muu ylevä juttu.

– Kerran kaljoilla ollessa Seppo kertoi, että sille muijalle oli tulossa joku vieras. Kun se näki sen tulevan, se käski Seppoa meneen makuuhuoneeseen ja pysymään siellä, kunnes kutsutaan pois niin kuin koira kutsutaan ja käyttäytyä niin kuin koiran kuuluukin; vahtia ja vartioida ja olla tarvittaessa käytettävissä. Johan tuo tuollainen on itsestään isästä perkeleestä! Ja tämä Seppo-tallukka alistuu tyynesti kohtaloonsa. On siinäkin mies. Äläs sano mitään, ennen kun olet sen muijan tavannut. Minäkin olen pyrkinyt viimeaikoina pysyttelemään tästä pariskunnasta vallan erilläni.

– Kuule, voisit sä kertoa, miksi sä peilaat tuolla kylillä tai yleensä ihmisten parissa? Sä puhut eri tavoin ja sä liikehdit erilailla ja annat itsestäsi surkean kuvan alkoholisoituneesta ressukasta. Miksi ihmeessä?

– Kun tietäis... Tai no, tältä osin meidän pitää palata uudelleen asiaan. Nyt palaveri on päättynyt. Puhutaan... sitten joskus, sillä tiedon juuret ovat katkeria, kuten Paavali sanoi, mutta hedelmät suloisia. Ymmärrätkö?

– Satun olemaan viittä vaille filosofian maisteri, joten ehkä minä tämän jotenkin selvitän.

– On siinä meillä poliisi! Tuo Hemmo, sä tiedät tämän nuoren kundin?

– Joo tiedän…

– Se kerto mulle, että Sepon mummo oli varotellut sitä Siltalaa ja käskenyt aina välillä katsomaan olkansa yli. Siltalaa ei enää ole, katso sinä sen puolesta välillä olkasi yli.

– Joo, teen niin, yhtyi Repe Ruotsalainen puheeseen. – Inha sanoo, mutta kyllä kannattaisi.

15.

Meeri Kotala nyppi kuihtuneita kukkia sinisistä ja valkoisista orvokeista Orilammen Lomakeskuksen pääoven lähettyviltä, kun näki Heikin ajavan paikalle kermanvärisellä mersulla. Auto oli yksi Heikin keräilyautoista ja omistajansa ylpeys, mutta se pääsi ani harvoin kuivinakaan kesäpäivinä vähän tuulettumaan. Meeri Kotala hymyili hiljaista, peitettyä hymyään ja jatkoi kukkien nyppimistä, kuunnellen Heikin askelia. Edellisestä tapaamisesta Heikin kanssa oli kulunut melkein kahdeksan kuukautta ja siksi tervehdys oli tavallista erityisempi ja paluu kukkien nyppimiseen kävi hitaasti. Nytkin hänen mielensä tulvahti täyteen muistoja ajasta, johon liittyi joukko säkenöivää hilpeyttä ja yhteenkuuluvaisuutta, mutta ennen kaikkea luottamusta ja murtamattomia salaisuuksia sekä iloa, lämpöä, ja niin ikävää kun se oli tunnustaakin, myös ymmärtämättömyyttä sekä osaamattomuutta ja pelkoa. Muistot kumpusivat vahvana alati mieleen tunkevasta ajasta, josta oli nyt jo kulunut parikymmentä vuotta. Miten tuo kaikki pysyikin niin läsnä olevana ja tuoreena? Alati mukana olevana? Meeriltä pääsi hiljainen huokaus.

– Voinko olla avuksesi? Meeri kysyi katse tiukasti kukissa. – Viet tavaroita Tuulettareen, vai mitä? Voinko kantaa avuksesi jotain?

– Minulla on tässä hyvin aikaa ennen kun Tuuletar lähtee, Heikki sanoi väsyneesti. – Hoida sinä vain kukkia, se on sentään kevyempää puuhaa naisihmiselle.

Heikin äänen väsyneisyys ja jonkinlainen piittaamattomuus oli selvästi kadonnut noiden kahdeksan kuukauden aikana, jolloin he eivät olleet tavanneet. Se tuntui Meeristä hyvältä. Heikin pitikin olla iloinen ja elämänmyönteinen.

– Hyvä sitten. Tehdään niin. Ajattelin vain, että matkani edestä voisin tehdäkin jotain, kas kun myös minä olen lähdössä risteilylle. Antaisit nyt minunkin osallistua kantopuuhiin…

– Ei käy, puuhaa sinä vain kukkien kanssa.

– Ei sitten, kunhan muistat sanoa, jos minusta on edes jossakin apua. Ei Helena eikä Kukkamaariakaan keksinyt minulle mitään tekemistä. Varmaan he ajattelevat, että olen jo niin vanha ja että minusta ole kuin kanan kynijäksi, jos siihenkään.

– Höpö höpö…

– Höpö höpö vaan itsellesi.

Ovi Heikin takana oli jo sulkeutumassa, kun hän käännähti takaisin.

– Jos todella haluat olla avuksi, niin voitko katsoa, että Irjan kammarissa kaikki on hyvin. Kalle Häkkinen ja pari muuta kaveria tulevat illalla käymään.

– Poliiseja? Kaveritkin?

– Niin kai. En tullut kysyneeksi.

– Etpä tietenkään. Täällä ei paljon kysellä, eikä vieraista puhuta. Kysymyksiin asiakkaista ei vastata, mutta kaikesta muusta sitä halukkaammin. Niinhän se on aina ollut. Varhaisista Irjan ajoista alkaen.

– Just niin. Hyvin olet oppinut. Yhdentekeviin ja tyhmiin kysymyksiin ei kannata tuhlata aikaansa, kun on niin paljon mukavampaakin juteltavaa.
– Niin aina. Hyvä on. Käyn katsomassa, että Irjan kammarissa kaikki on hyvin ja kysyn samalla, pääsisinkö komisarion mukana Mäntyharjun kirkolle.
– Teepä niin...

– Jos haluaa kanan munivan, on siedettävä sen kotkotusta, Perttunen sanoi ilme tärkeänä. – Niin se vaan on.
Tunnelma Irjan kammarissa alkoi olla nousussa. Repe Ruotsalainen ja Timo Marttinen olivat lähteneet. Repe oli luvannut heittää Marin kotiin, kun hän olisi irtautunut paperitöistään ja Marttinen taas ei tuntenut suurempaa viehtymystä ravintolaelämää kohtaan, hyvää ruokaa kohtaan kylläkin. Ja sitä täällä oli riittänyt.
– Savusauna ja hyvä ruoka... Mitä muuta sitä osaisi kaivata? Maassa on parisensataa henkirikosta avoinna, joten ei tämä vielä mikään maailmanloppu ole, vaikka emme saisikaan tätä selvitetyksi, paitsi että luonnolle se tietysti ottaisi niin... sanonko miten?
– Älä viitsi, Kääpä sanoi hymyillen vinoon häpeämättömän avoimesti. – Tiedämme me muutenkin, mitä sä haluaisit sanoa.
– Jätä kuule, Perttunen, toi filosofimainen höpötys tolle Repelle, sehän sitä on täällä ollut tunkemassa vähän joka läpeen, mutta se on sentään koulutettu siihen.
– Siis mitä sä sanoit? heräsi jo Harri Kääpäkin. Hän oli ollut jo pitkän tovin ihan hiljaa ja erityisen mietteliäänä. – Siis...

– Sitä minä vaan, että Repen mielestä joka juttu ratkeaisi ilman muuta ja kevyesti, jos käytettäisiin enemmän filosofista pohdintaa.

– Jaa... No se varmaan yrittää pistää meitä ikääntyneempiä tikulla silmään. Otetaas poijaat siitä huolimatta nyt, ennen kuin kaikki katoavat, Perttunen sanoi hilpeästi. – Mihin lie kadonneet nuo kaksi. Repe vissiin kuljettelee Maria rakkauden poluille ja kaima lohduttelee liian paljon yksinäisiä iltoja istuskelevaa vaimoaan.

– Vaikka sovittiin, ettei työasioista puhuta, niin... Häkkisen puhe katkesi siihen. Kaikki kääntyivät katsomaan, kuka avoimesta ovesta olisi tulossa.

– Katsos ihmettä, sieltähän tuli Meeri. Oletkos sinä, Meeri, siirtynyt ravintola-alalle?

Meeri tunsi hien laskevan iholleen ohuena huntuna. Niin tapahtui melkein aina, kun hän joutui vastakkain tuon Perttusen kanssa. Tähän saakka se on tapahtunut vain miehen kesälomien aikaan, mutta nyt puhuttiin sen muuttamisesta pitäjään ihan avoimesti, mutta silti näytti siltä, että poliisi Perttunen ei itse tiennyt asiasta mitään.

– No, en sentään! Tulin vain kysäisemään, pääsisinkö kanssanne kirkolle?

– Tietysti sinä pääset, Perttunen sanoi taputtaen vieressään olevaa tyhjää tuolia. – Niin kiire sinulla ei voi olla, ettet ehtisi painaa puuta. Laisesi viehättävä naisseura piristäisi tätä ukkoööriä kummasti.

– Kiitos vaan, mutta olen menossa...

Kaksi pariskuntaa nousi rappuja ja kääntyi aulasta oikealle Väinön kamariin. Viimeinen sisään menijä vetäisi oven perässään kiinni, mutta Häkkinen oli ehtinyt nähdä seurueen. Kun Vännin kamarin ovi napsahti kiinni, Häkkinen kääntyi muiden huoneessa olleiden puoleen.

– Tietääkö kukaan keitä nämä olivat? Häkkisen äänen sävy oli vähemmän ystävällinen.

– Minä en tiedä, mutta käyn kysymässä vastaanotosta, Meeri sanoi ja kiepsahti ympäri kohti porrasnousua.

– Olethan varovainen? Ei ole asialle eduksi, jos he saavat vihiä siitä, keitä me olemme.

– Ymmärrän...

Meerin lähdettyä alakertaan Häkkinen kääntyi katsomaan kumppaneitaan. – Veikkaan, että tuossa joukossa se Marttisen kummitus nyt luuraa. Tai jos ei ihan, niin melkein kumminkin. Tuo nainen, tuo joukon vanhin vai pitäisikö sanoa ikääntynein, voisi olla sen meidän kummituksemme äiti. Tämän minä uskon tuntevani. Minusta tämä on se Valkealan liikkeenharjoittaja silloin runsaat parikymmentä vuotta sitten.

– Älä helvetissä Kalle tuollaisia! Meinasi mennä hyvä viski väärään kurkkuun. Että ensimmäisen polven kummitus, Perttunen sanoi ja nauroi päälle möreällä äänellä. – Jos sillä on tytär, se on kummitus jo toista polvea. Sellaisiako sinä veikkaat, mitä?

– Just sellaisia minä nyt kuitenkin veikkaan.

– No saahan sitä veikata, Perttunen sanoi ja näki samassa Meerin ja Heikin kävelevän ylös ja tulevan Irjan kamariin. Oli ihan hiljaista, kunnes Heikin kantamat tuliaisjuomat oli nosteltu tarjottimelta pöytään.

– Nohh... Heikki! Tunnetko sinä sen, tiedätkö? Tuon naisihmisen?

– No en, mutta jotain kumman tutua siinä naisessa, siis vain siinä naisessa, kyllä oli. Toinen miehistä on ilmeisesti hänen puolisonsa, mutta kuka ja mistä se on, siitä minulla ei ole hajuakaan. Katsokaas pojat, taas sinne Vännilään menee yksi.

– Mitä pirua ne... Oleksä Häkkinen ihan varma tosta naisesta?

– Kuka tässä nyt ihan varma vois olla mistään, mutta siltä se minusta näyttäisi.

– Hei kundit, Harri Kääpä sanoi matalalla hiljaisella äänellä. – Näätteks te, mitä? Yks lähtee ja toinen tulee.

– Ja ton venäjää suoltavan suu käy kuin panttilainakonttorin ovi perjantaina. Katos kummaa! Perttunen sanoi kiihtyneenä.

– Mitä hittoa ne oikein touhuavat? Minä käyn alhaalla vähän katsomassa tilannetta. Minua ne eivät ainakaan tunne, Harri Kääpä oli ollut pitkään hiljaa ja Perttunen oli ehtinyt jo luulla hänen nukahtaneen. Kuljettajana toimiva Kääpä oli kuitenkin vain ikävystynyt.

– Jos ne on ne, joiksi heitä luulen, niin juuri sinut ne tuntevat parhaiten, Häkkinen sanoi. – Sinähän siellä työpaikallasi olet päivät pitkät kuntalaisten huolia kuuntelemassa.

– Yritetään nyt kuitenkin selvittää tämä juttu jotenkin, Perttunen puuskahti ja nousi ylös hyvin äänekkäästi, tuolin repiessä maalattua lattiaa.

Vännin kamarin ovi aukesi ja ulos tuli toinen väkevältä tupakalta haisevista miehistä. Mies suuntasi kohti portaikkoa ja hän oli yhtä aikaa Perttusen kanssa yläkerran ensimmäisellä askelmalla. Perttunen katsoi miestä häpeämättömän ylimielisesti, ojensi sitten kätensä venäläiselle ja sanoi: – Timo Perttunen. Rikosylikonstaapeli Helsingin poliisilaitoksen väkivaltatoimistosta.

Mitä keskivahvasti humaltunut Perttunen oli yllätyshyökkäykseltään odottanut, tällaista hän ei olisi osannut edes ajatella. – Hullu suomalainen! Yrittäisit edes käyttäytyä. Painakaa nyt helvettiin täältä, ennen kun saatte aikaan isomman vahingon. Tulen huomenna käymään työpaikallanne. Jätetään esittelyt sikseen siihen saakka, mies sanoi selvällä suomenkielellä. Perttunen tajusi heti mokansa ja yritti korjata asiaa. – Tarjoamme savusaunavuoroamme käytettäväksenne. Emme itse enää jaksa saunomaan mennä, joten jos teille sopii ja kelpaa... Samalla Perttunen mietti, mitä huominen toisikaan tullessaan. – Ymmärrättehän, noin ystävyys ja yhteistyön merkeissä, jos sopii.

16.

Kahvihuoneessa oli hiljaista. Silloin tällöin kuului kilahdus, kun jonkun lusikka osui mukin kylkeen. Supon voimakassanainen edustaja oli lähtenyt aulasta pihalle kiitoksia jakamatta.

Suojelupoliisin edustaja Hannu Heitikka oli asemalla aamulla käydessään ollut käärmeissään edellisestä illasta. Hän oli työskennellyt toista vuotta ison huumejutun kimpussa ja oli nyt saanut kyseisen joukkion jonkinasteisen hyväksynnän ja luottamuksen, saavuttamatta kuitenkaan lopullista tavoitetta eli mahdollisuutta koko sakin kiinniottoon. Mitään perusteellista vahinkoa ei kuitenkaan ollut vielä päässyt tapahtumaan välikohtauksesta huolimatta. Heitikka oli kironnut seurueelleen hulluja suomalaisia, jotka eivät ymmärrä paikkaansa.

– Nämä nyt kuitenkin vielä nyrkkiä tottelivat, ei tarvinnut kuin vähän uhkailla, Heitikka oli uhonnut muulle seurueelle Vännin kamarissa.

Pari jätkää oli kurkistellut ovenraosta ja virnistellyt vahingoniloisesti, ehkä myös tarkoituksellisesti, nähdäkseen, miten Heitikka toimi, kun miehet olivat Käävän johdolla poistuneet Irjan kamarista. Tunnelma mäntyharjulaisten kohdalla ei ollut paras mahdollinen.

– Tekis niin mieli…

– Tässä yhden ja toisen tekis mieli, mutta nyt ei ole oikea paikka, eikä aika, Häkkinen oli valistanut Perttusta.

103

– Ota vaan rauhallisesti, sekin aika vielä koittaa. Nyt poistutaan niin, että naapuri kamarissa olevat luulevat meidän lähtevän häntä koipien välissä, Häkkinen oli sanonut ja saanut toiset ymmärtämään henkilökohtaisen halun ja työn vaatiman eron.

– Jätetääs nyt se ikävä eilinen juttu sivuun ja jatketaan eteenpäin tästä aamusta. Meillä on nyt selvästi kaksi tutkimuslinjaa, mutta onko meillä myös kaksi erillistä tappoa tai murhaa? Vai yksi? Perttunen kysyi retorisesti ja kun muut olivat hiljaa, hän jatkoi. – On nämä Jarmo Siltalan ja Leena Harjunmäen murha. Kuuluvatko ne yhteen vai pitäisikö niitä tutkia ihan erillään toisistaan?

– Toi on hyvin funtsattu. Käydääs vähän läpi näitä murhia ja katsotaan mitä me tarkkaan ottaen tiedetään niistä. Sopiiko?

– Joo sopii kyllä, Martikainen tarttui Käävän avaukseen. – Sitä ennen kai kannattaisi käsitellä se Meerin havainto siitä naisesta. Etkös sinä, Kalle, myös ollut tuntevinasi sen naisen siellä miesjoukon mukana Vännin kamarissa? Sopiiko sellainen järjestys?

– Joo miksei... Olinhan minä ja olen edelleen. Minusta olisi kuitenkin parempi, että joku toinen puhuttaisi Meeriä palaverin jälkeen. Sopiiko niin?

– Pakkohan sen on sopia, kun palkeella pakotetaan, Perttunen sanoi ja virnisti hämillään. – Nohh, nohh, eihän tämä nyt leikkiä ole, mutta tuskin ihan kuoleman vakavaakaan. Hups, anteeksi. Väärä sanavalinta. Tämän tarkemmin ei oikeastaan voisi ollakaan kuoleman vakava, joten sori vaan, mennään eteenpäin.

– Mennääs järjestyksessä. Aloita sinä Harri, Repe sanoi.

– Joo, miksei. Jos minä esitän jutulle jonkinlaisen rangan ja sitten jokainen vuorollaan täydentää sitä. Kahviakin on kannukaupalla, joten ei muuta kuin tuulta purjeisiin ja eteenpäin.

– Lähdetään siitä, että Jarmo Siltala ammuttiin sillalla kuoliaaksi, Kääpä kävi kiinni asiaan. – Hänet ammuttiin kunnantalon katolta. Sen tekniikka on selvittänyt, vaikka ei siitä paljon ole apua ollutkaan. Katolle pääsee hyvin talon päädyssä olevia tikkaita myöten ja siellä on sanoisinko psykologisessa suojassa katseilta. Ja ihan turvassa saa olla.

– Jos joku sattui näkemäänkin, että katolle kiivettiin tai siellä käyskenneltiin, niin katsojan ensimmäinen ajatus oli, että siellä tehtiin taas korjaustöitä. Uteliaisuutta se tuskin herätti, niin hyvin näihin korjausmiehiin oli totuttu. Kukaan ei ole tullut kuitenkaan kertomaan, että murhan aikaan joku olisi seikkaillut kunnantalon katolla. Tavallisesti täällä kaikki tietävät kaiken, mutta nyt ei kukaan tiedä mistään mitään.

– Mikä se sellainen psykologinen suoja on? Perttunen yritti takaisin asian kylkeen.

– Jätetään se, se on nyt täysin relevantti koko asialle. Tarkoitan…

– Mitä se nyt höpäjää toi Repe? Martikainen pyöritteli kädessään korvatonta mukiaan. – Eikös ole parempi pysytellä tässä kotimaisessa, jonka kaikki ymmärtää, mitä?

Samassa muki luiskahti lattialle Martikaisen käsistä.

– No, nyt se meni tuhannen karvan paloiksi mun kuppini, mistä mä nyt… No voi helvetia… Martikainen hönkäisi ja alkoi korjata lattialla olevaa kahvilammikkoa käsipyyhkeillä ja keräämään mukinpalasi lattialta.

105

– Ei se mitään, Häkkinen lohdutti Martikaista hiljaa. – Mitä sillä teki, rikkinäisellä mukilla, eihän siinä ollut korvaakaan, vai mitä?

– Ihan niin, Kääpä säesti. – Mitä sillä sellaisella, korvattomalla. Hyvä kun päästiin siitäkin. Johan se oli tuossa pyörinyt tuollaisena korvattomana ainakin pari vuotta... ainakin. Mutta vaikka toi Martikainen on kömpelö ja melkoinen torvelokin, niin on se tolkun kundi kuitenkin. Etsitään sille uusi kuppi, kyllä se siihen pian kotiutuu.

Hetken käyty täysin asiaton miehinen höpötys laukaisi jännitteet kahvihuoneessa ja työ päästiin taas alkuun.

– Oletetusta asetyypistä minulla on tiedot huoneessani, jos käyn ne...

– Anna olla, Harri, niillä ei ole nyt kiire, Häkkinen tuijotti kuppiinsa keskittyneesti, ikään kuin tieto olisi sinne piilotettuna. – Jatketaas sitten sen Leena Harjunmäen kuolemasta ja siirrytään kohta takaisin Siltalan tapaukseen. Yritetään etsiä jotain, mikä yhdistäisi näitä murhia tai toisaalta ehkä jotain sellaista, joka selvästi erottaisi ne toisistaan.

– No onhan se astalo ainakin. Jarmo ammuttiin ja se Leena listittiin tiilellä.

– Tarkoitat siis, että epäilet näiden henkirikosten olevan erillisiä, vaikka olemmekin vetäneet koko ajan tutkimuslinjaa, että ne olisivat saman murhaajan tekemiä?

– Ajattelin, että saattaisimme päästä nopeammin eteenpäin jos perustaisimme kaksi tutkimuslinjaa, emmekä jättäisi pois mitään vaihtoehtoa, vaan pitäisimme kaikki avoinna.

– Siitä Heitikastako tämä nyt...

106

– Ei oikeastaan, vaikka miksei niinkin. Harmittaa kieltämättä, miksei se voinut informoida meitä siitä, että toi sen joukkueen Orilammelle? Kaksi yksikköä, kaksi kiireistä poliisilaitosta tutkii samaa rikosta... Se olis kyllä kannattanut estää.

– Oli se Kouvolan poikia valistanutkin, ei kai arvannut, että paikalla saattaisi olla myös kundeja Etelä-Savon poliisista, Martikainen kertoi vaivaantuneesti. – Kun tulin vessasta, niin näin sen kouvolalaisen siellä alakerran eteisessä paseeraamassa, siis silloin, kun Repe lähti Timon kanssa pois. Olisihan mun pitänyt puhua siitä, mutta en tullut ajatelleeksi...

– Niin, milläs sinä olisit ajatellut, Perttunen tokaisi kitkerästi.

– Annas kaima nyt olla, Martikainen toppuutteli. – Enhän minä edes puhunut sen kouvolalaisen kanssa. Ulkonäöstä sen vaan tunsin.

– Se selvä. Tai tämä. Jatketaas nyt vaikka siitä, että miksi Siltalan kuolemaa, siis itse tappoa tai sitä ampumista ja kuolemaa ei kukaan ollut todistamassa. Hetkessä muutama ihminen tuli kyllä esiin, mutta itse tapausta ei nähnyt kukaan, siis esimerkiksi sitä uhrin lyyhistymistä. On se kummallista. Muuten väkeä on parvi ympärillä, jotta niitä saa kauemmaksi hätistellä, eikä siihen tarvita kuin mitätön kolari. Jotain me kuitenkin tiedämme siitä, mitä todella tapahtui.

– Kalastajapojat kertoivat, että Siltala oli ihmetellyt, miksi se muori oli käynyt häntä varoittelemaan. Ensin se oli kiukutellut hänelle jotain linnusta, joka uiskenteli sillan läheisyydessä ja ollut varsin hyökkääväkin, mutta sitten käynyt varoittelemaan ja lopuksi käskenyt Siltalaa aina välillä katsomaan olkansa yli.

107

– Kun pojat olivat vähän aiemmin olleet sillan kenkätehtaan puoleisessa päässä heittelemässä virveliä, oli Jarmo Siltala kävellyt hiljakseen sillalle. Pojat olivat nähneet, että Siltala tuli paikalle Minna Lähteen autossa ja kun Siltala oli poistunut autosta, Minna kaasutti lähtiessään ajopeliään niin, että kivet kirosivat ja auto ampaisi lähtöön kuin koira kirkosta. Kyllä ne pojat olivat ihmeekseen sitä touhua katsoneet.

– Oliko se mummeli siellä sillalla odottamassa tätä Siltalaa, vai tuliko hän sillalle Siltalan jälkeen?

– Ei ollut odottamassa. Pojat lähtivät kertomansa mukaan siitä tallustelemaan aseman luo vierasvenelaiturille kalaan, kun eivät viitsineet jäädä kuuntelemaan sen muorin opettamista. Kyllä se minustakin on ihan mahdoton se mummeli, Repe totesi kahvia kaadellessaan. – Totta tietysti on, että paljonhan se tietää ja osaa erikoisiakin juttuja noin vanhaksi, tai ehkä juuri siksi, mutta kun sitä ei jaksa, ei millään jaksa. Se on sellainen... Miten sen nyt sanois... semmoinen se vaan on, Repe Ruotsalainen selvitti.

–"Höperö se on", toinen pojista innostui sanomaan, kun niitä nuoria häspyyttäreitä silloin puhutin. "Ihan sekopää vanha akka se on" nuorempi pojista silloin kailotti ja kieltämättä se oli vähän sinnepäin kallellaan tai niin ainakin yleisesti luultiin, Kääpä sanoi hiljaa, jotenkin mietteliäästi, ikään kuin hän olisi etsinyt jotain kadonnutta ajatusta.

– Mutta ei se ollut höperö, ei. Se oli tietorikas ja salaviisas. Sitä se oli. Se halus antaa itsestään sellaisen kuvan ja taidan tietää miksi. Kas ihmiset puhuivat mitä puhuivat muorin läsnä ollessa. Kuka nyt olisi välittänyt vanhasta puolihöperöstä eukosta? Ja sillä tavalla muori kartutti tietämystään melkein mistä vaan. Hyvin pitkälle

108

se kuitenkin on niin, että vanha ihminen on nuorempien mielestä ymmärtämätön ja hieman pois tästä maailmasta jo paljon ennen lähtöään.

– Kuulkaas nyt! Ei ihmisen tarvitse automaattisesti olla idiootti, vaikka vanha onkin, Häkkinen selvitti opettavaisesti ja hyvin tuohtuneena. – Ihminen, joka on nähnyt paljon elämää, on myös paljon oppinut.

– Ei kai välttämättä idiootti. Martikainen nousi istumaan polvilleen ja tokaisi kesken sirujen keräämisen hiljaa, mutta kumman päättäväisesti, että ei se paljosta puutu.

– Jätetääs se nyt, Repe huomautti. – Kiinnostavaa olisi tietää, puhuuko se muori pehmoisia pelotellakseen vai onko sillä oikein jotain tietoakin. Jotain sellaista, mitä meillä ei ole? Uskokaa nyt! Se muori tietää mitä puhuu ja miksi. Eri asia on saada se irti hänestä, se tuskin onnistuu.

– Se selviää sillä, että sinä käyt jututtamassa häntä, Perttunen sanoi nauttien letkautuksestaan. – Ehkä hän heltyy asialliseksi tuollaisen salskean ja hyvin käyttäytyvän nuoren miehen kanssa jutellessaan.

– Pojat hei! Mennääs eteenpäin. Siirrytäänkö nyt kokoamaan kaikki hallussamme oleva aineisto Leena Harjunmäen murhasta? Harri Kääpä kysyi väsyneesti. Kaikki puhti ja työinto tuntui miehestä kadonneen. – Vai onko nyt vielä jollain...

– Joo, mulla olis, Marttinen sanoi hiljaa otsa kurtussa. – Vaikka ei kai sillä ole väliä, ei sittenkään. Mielikuvitus vain tekee tepposiaan. Jätettäiskö se ainakin nyt toistaiseksi siihen. Palataan, jos antaa aihetta.

– Ei helvetissä jätetäkään! Sähän oot kuin kakara, joka ojentaa toiselle tikkaria ja juuri kun tämä on siihen ylettymäisillään, nappaa sen takaisin ja tökkäsee omaan suuhunsa. Joten annas tulla nyt, kyllä me sanotaan sitten

109

onko kyse sun vilkkaasta mielikuvituksestas vai mistä, Repe sanoi turhan mahtipontisesti.

– Jos mä sitten...

– No mitä? Läsnäolijat kääntyivät katsomaan Timo Marttista.

– Siellä Orilammella. Näkikö teistä kukaan varatuomari Erkki Heinoa? Miehet antoivat yksi toisensa jälkeen ymmärtää, ettei varatuomarista ollut näkynyt sinistä savuakaan.

– Minut se meinas tyrmätä... Tai se tuli baarista sellaista kyytiä, että jäin sananmukaisesti jalkoihin. Siinä se sitten pyyteli anteeksi ja kyseli kohteliaasti tutkinnan kuulumisia ja lähetti rouvalle terveisiä. Ei se ennen sillä tavoin. Ei se tosin aikaisemmin ole juossut minua kumoonkaan, selvitti Häkkinen.

– Oisko tuossa nyt mitä? Perttunen hieroi korvaansa. Kiinnostaahan tällainen kaksoismurha tai siis nämä kaksi murhaa kaikkia ihmisiä. Varatuomari uskaltaa tulla juttelemaan, kun muu kansa kiertää miehen ujouttaan.

– Voisko aloittaa tunnin parin päästä, kävisin etsimässä sitä Seppo Harjunmäkeä? Näin töihin tullessani, miten se toisen polven kummitus, se Martikaisen mielenrauhan vienyt nuori, enkelikasvoinen kaunotar veti isäntää avokämmenellä päin pläsiä, niin että raikui. Ne meni istumaan A-portaaseen ja olen varma, että kun Krouvi parin minuutin kuluttua avataan, he ovat ensimmäiset aamun asiakkaat.

110

17.

Häkkinen asteli hitain rauhallisin askelin muorin pihaan katsellen samalla puutarhan kukkaloistoa. Kuinka vanha ihminen jaksoikin nähdä noin paljon vaivaa puutarhansa eteen?

Häkkisen katsellessa kukkaloistoa ympärillään, muori oli tullut paikalle äänettömin askelin. Hän katsoi ylpeänä, miten mies kosketteli kukkia hellin käsin ja tuoksutteli niitä hyväksyvästi.

– Mitäs konstaapeli tykkää? Aika hyvä saavutus saada nuo kaikki mahtumaan tähän kerrostalojen puristukseen! Alkuun tuppasivat alueen penskat niitä nyppimään, vaan eivätpä enää ole olleet riesana. Tiedänhän minä, että ne minua pelkäävät, mutta pelätköön, kunhan vain pysyvät poissa pihamaaltani. Omenavarkaissakin mokomat kokivat käydä, vaan eivätpä käy enää. Pari rohkeampaa siinä iltayön hämärissä tuppaa kokemaan, josko onnistuisi, mutta olen niiden antanut puuhata. Yhtenä iltana katsoin ikkunasta, kun niistä mullikoista rohkeampi oli tuon nuorimman pienen omenapuun kimpussa. Siinä oli vasta yksi omena.

– Otti se vähän luonnolle, kun poika kiersi ja kaarsi sitä puuta ja teki sitten oikein kunnon loikan, pysähtyen tuon pienen puuressukan kohdalle, nosti oksaa, missä oli se yksinäinen omena, otti ja haukkasi siitä aimo palan, mutta jätti loput hedelmästä roikkumaan puuhun.

111

– Katsos mokomia, Häkkinen sanoi hymyssä suin.
– Vaikka kai sitä tässä itse kukin on syyllistynyt omenavarkauksiin. Se on niin jännittävää ja sen takia sitä kai tehdäänkin, ei omenien vuoksi, niitähän on vähän joka talossa ja jos ei omia puita ole, kuten ei tietysti kerrostalossa asuvilla ole, niin naapurit jakavat niitä ihan mielellään. Tuolla tienvarressa on nytkin pyykkikorillinen omenia ja iso lappu, jossa kehotetaan ohikulkijoita ottamaan korista omenia tarpeensa mukaan.
– Ei se taida konstaapeli enää harrastaa omenavarkauksia, mitä?
– No ei ole tullut harrastettua, ei tosiaankaan, mutta mielelläni tuollaisen syysviirun pureskelisin ihan luvan perään, jos sopii.
– Sopiihan se, toki sopii. Mikä sen Häkkisen tänne muorin luo tuo? Asiapa tietysti, mutta millainen asia?
– Puhuvat kylällä, että olette varoitellut sitä Jarmo Siltalaa jostakin, taisi olla oikein selän takaa uhkaavasta vaarasta, juuri vähän ennen kuin hänet ammuttiin. Pitääkö se paikkansa?
– En kai minä nyt joutavia jutusta. Olisi pitänyt sille poikaparalle puhua aikaisemmin, mutta enhän minä tuota itsekkään osannut ottaa niin todesta.
– Mitä te sitten olitte saanut tietoonne?
– Tyhjän päälle ei kannata puhua, mutta ihan varma tieto on se, että se juoppo Manninen selvitti sille Peltoselle, että se tarvii asetta ja pian sittenkin.
– No se Peltonen kysymään, että "mihin ja millaista asetta olisi tarvis, kun hänellä oli vähän useampia ja eri tarkoituksiin, mutta oliko juuri sellaista, mitä Manninen tarvitsi". Tähän Manninen sanomaan, että "kivääri olisi paikallaan, hän pudottaisi sillä yhden variksen ihan ilokseen ja suoraan lennosta". Silloin

112

Peltonen kysymään, että "minkälaisesta linnusta mahtaisi olla kysymys", niin Manninen sanoi, "ettei hän enempää asiasta puhu, ennen kun Peltonen on valmis sitoutumaan asiaan. Että on niin kuin samaa sakkia. Jotta jos käy huonosti, niin molemmat istuu".

– "Miten sitoutumaan?" se Peltonen kysyi ja siihen Manninen että "hänen tulisi antaa kiväärinsä käyttöön tähän tarkoitukseen ja piilottaa se tehdyn työn jälkeen jonnekin, mistä se on helppo ampujan löytää, mutta poliisin hankala tulla edes ajatelleeksi sellaista paikkaa". Ei se Peltonen luvannut suoralta kädeltä lähteä mukaan tähän offensiiviin, ja se tuntui kiusaavan Mannista ihan kohtuuttoman kovasti, tämä että Manninen heittäytyi luopioksi.

– Vai sellaisia... Miksi ihmeessä ette kertoneet tietoanne poliisille?

– Kaikkien juoppojen puheita sitä vielä poliisille... Vaikka mietinhän minä niitä Peltosen aseita, olihan niitä. Oli laillisia ja laittomia, se kun oli vähän sellainen asehullu, vaikka ei uskaltanutkaan niitä käyttää, mutta oliko hänellä juuri sellaista, mitä Manninen tarvitsisi? Sitä paitsi poliisi on varmasti tutkinut joka ikisen tappamiseen soveltuvan aseen ja jos sellainen olisi löytynyt, Petteri olisi jo raudoissa, niin se on, hän sen poliisina hyvin tietää, eikä tiedäkin? Jos asetta tarvitsi nyt, tarvitsisi sitä kai sitten vähän myöhemminkin ja jos asia on sellainen, että se siihen aihetta antaa, että pyssyn kanssa kuljeskellaan.

– Entä mitenkäs sitten, kun Siltala pääsi hengestään? Miten sen poliisille kertomisen kanssa silloin oli? Häkkinen katsoi vanhaa rouvaa ja sääli hiipi mieleen kutsumatta.

113

– Silloin tilanne oli kokonaan muuttunut! Hän uskoo nyt, että muuttunut oli. Oli muuttunut niin. Enää ei ollut asiaa poliisiasemallekaan. Hänen sopii se uskoa, muori selitti ääni karheana Häkkiselle.

Häkkinen ymmärsi heti, että tähän ei enää sisältynyt sen enempää leikkiä kuin lapsellista jännityksen hakuakaan. Muori oli pelkoineen ihan tosissaan, mutta mitä hän tuossa määrin pelkäsi? Häkkinen katsoi vanhan naisen olemusta. Kädet vapisivat, otsa tihkutti hikeä. Muori pelkäsi hillittömästi. Pelkäsi niin, ettei uskaltanut enää kajota koko juttuun. Häkkinen katsoi muoria mietteissään. Vanha hauras nainen, joka sai välillä koko kylän sekaisin vihjailuineen. Häkkinen päätti yrittää vielä kerran, saisiko jotain irti muoriparasta.

– Mikä se niin on teidät onnistunut pelästyttämään? Tehän olette oikein varsinainen teräsmummo, ettekä ole koskaan pienemmästä lannistunut?

– Nyt ei olekaan kysymys mistään pienemästä tai vähäisemmästä...

– Tiedättehän te, että poliisi on valmis auttamaan ja suojelemaan, kun vaan tiedämme mistä on kysymys. Miten voisimme auttaa ja suojella, jos sellaista tarvetta on?

– Olisihan sitä sellaista... Vaan parempi sitä on kotikonsteilla pärjätä. Ihan varmasti paljon parempi ettei ihan silmätikuksi... Enkä minä oikeastaan pelkää, kyllä tämä tästä. Monenlaisessa liemessä olen tähän ikään mennessä keitetty ja oppinut itsestäni huolehtimaan, mutta kiitos nyt, kiitos kovasti. Olette kiltti, kun tällaisesta vanhasta haaskasta jaksatte vielä huolta kantaa.

– Eteeni on yllättäen astunut raha ja valta, ei siis pelkkä rahanvalta, ymmärtäähän komisario sen? Ja leikinkin ymmärtää. Äsken ihan vaan hassuuksissani konstaapeliksi puhuttelin.

– Mitä tässä nyt titteleistä, tässä on paljon tärkeämmät asiat kyseessä. Missä te kuulitte näiden ketaleiden keskustelun? Ja oletteko nyt kertonut kaikki siitä keskustelusta? Ette tainnut vallan vattujen vuoksi suunnistaa sinne Peltosen takamaille, vai mitä? Ehkä teillä oli syynne siihen vierailuun?

– Ajattelin lähteä poimimaan vattuja sinne Peltosen talon takamaille, se on totinen tosi. Kun kyykin siellä tiheissä pensaikoissa, niin ihan sattumalta kuulin niiden jumalan riesojen tulevan. Toinen tuli minusta katsoen oikealta ja toinen vasemmalta niin, ettei käynyt epäselväksi etteikö tässä pyritty sitä tapaamista salaamaan. Siihen malliin siellä vatukossa kyykittiin. Niin oli ja meni kuin vanhassa huonossa agenttifilmissä. Voi olla, että minulla on kerättyä ja säilöttyä tietoa, mutta valtaa minulla ei ole.

– Eikös sitä sanota, että juuri se tieto on valtaa. Mihin käyttäisitte valtaanne? Mitä te sillä tiedolla olisitte valmis tekemään? Olisitteko valmis myymään sen? Odotatteko saavanne isonkin hinnan? Minä nyt varoitan teitä kuitenkin. Siinä hommassa saattaa olla henki hupaata. Leena Harjunmäki on arveluittemme mukaan yrittänyt kiristää murhaajaa, kuka hän sitten lieneekin ja sai maksaa sen hengellään. Tämä ei siis ole vahvistettu tieto vaan niin sanotusti valistunut arvaus. Haluaisitteko nyt tosiaankin olla avuksi? Tutkijat tarvitsisivat kaikki saatavissa olevat tiedonmurusetkin.

– Oliko tässä nyt kaikki? Kertoisitteko, missä tämä kuulemanne keskustelu käytiin?

– Miksipä en…

115

Häkkinen näki miten vanhuksen kasvot yllättäen kurtistuivat ennestään, miten hänen lintumainen olemuksensa vapisi ja kuinka pakokauhu otti vallan. Muori sai jalat alleen ja juoksi sisälle mökkiinsä. Häkkinen katsoi ympärilleen. Mitään epätodellista ei olut näkyvissä. Hiljaiselle torille ajoi vain mustuuttaan kiiltävä mersu. Se oli tuomari Erkki Heinon uusi upea lelu.

18.

Tytti Heimola ja Mari Metsälä kulkivat päät yhdessä kirkolta kohti ravintola Kesäheinää. He juttelivat, nauroivat ja tirskuivat keskenään varsin suurieleisesti ja kovaäänisesti, herättäen huomiota ympäristössään.

Tämä oli ollut Taidekeskus Salmelan viimeinen konsertti tältä kesältä ja se lisäsi tunnelman haikeutta. Naiset pysähtyivät ravintolan ovelle miettien, olisiko tämä oikea paikka juhlistaa kesän päättymistä. Aikansa neuvoteltuaan, päätyivät kuitenkin jatkamaan matkaa keskustaan.

Näytti siltä, että he olisivat päättäneet ottaa juuri tästä päivästä kaiken irti.

Rosmariinin loosissa hulvaton kikattelu jatkui. Kumpikin naisista oli tilannut päärynäsiiderin ja sen kylmä ja makeahko maku sen kun lisäsi tunnelmaa. Jopa nuorempi konstaapeli Mari Metsälä intoutui tissuttelemaan, vaikka ei yleensä edes koskenut väkijuomiin.

– Katohan perhanaa, tytöt on vetäneet viihteelle, Paavo Manninen söpötti pöydän vieressä seistessään. – Saako sitä istua leidien seuraan?

Tytti avasi jo suunsa kieltäytyäkseen vähemmän kohteliaasti, kun Mari pukkasi häntä kipeästi polveen.

– Riittääkö rahat? Marin kysymys tuli nopeasti halveksuntaa peittämättä. – Vai ajattelitko tarjota omasta pullosta? Siitä missä sulla on sitä myrkkyviinaa?

117

– Mitä helvettiä! Mitä... Paavo Manninen hillitsi itsensä vaivoin. – Että tuollaista leikkiä. Höpöti höp! Minun tavara on aina puhdas, mutta mites sun tavaras kanssa on, konstaapeli kulta?

Ei Manninen mitään riemukasta vastaanottoa odottanutkaan, mutta tällainen piikittely sai hänet raivoihinsa. Kaikenlaiset pikku nartut sitä pyrki silmille hyppimäänkin.

– Kyllä sitä nyt ollaan, Mari sanoi ääni ylimielisenä, vaikka pelko vaani koko ajan selän takana.

– Istu siihen ja varaudu tilaamaan, me käydään vähän, kuinka sen nyt sanoisi... Mari ei meinannut saada juttua ulos suustaan. – Asialla, hän sitten hönkäisi.

Valmistautuessaan puhumaan Tytti painoi teatraalisen näköisenä kädellään sydänalaansa, ikään kuin siitä olisi ollut suurikin apu tai hyöty tuskaiseen tilaan.

– Kyllä pitää ihmisen olla hullu, en paremmin sano! En kyllä ymmärrä millä se Harri sai meidät suostumaan tähän. Tässä me ollaan henkikultaa vaarantamassa ihan vapaaehtoisesti ja ilman rahallista korvausta. Miten se on yleensä mahdollistakaan?

– Mieluummin minä yritän vaikka näin epäammattimaisesti houkutella sen Petteri Punakuonon ihmisten ilmoille, kuin kulkea tästä eteenpäin niska kenossa kaiken aikaa taakseni kuikuillen. Toinen juttu taas on, hyödyttääkö tämä mitään. Jos se on nyt piilotellut jo jonkun viikon, se tuskin lankeaa viettelyihimme. Mari tutki hetken itseään peilistä. Punaiset täplät poskilla kiusasivat häntä. – Yksi asia on kuitenkin ihan saletti... Hän vaikeni hetkeksi ja sanoi sitten myrtyneenä:– Siitä sopii todellakin olla varma.

– Ja siitä, että osa asiakkaistani jätti minut tämän takia turhia kyselemättä. Kun mä vain ajattelenkin... voihkaisi Tytti.

– No kerro! Kerro mikä pahiten painaa, Mari yritti ryhdistää ystäväänsä. – Puhuminen auttaa, sanotaan.

– Kylä jauhaa vielä pirun pitkään, miten päissämme me ihmisten mielistä raitilla oikein kuljeksimme pitäen sellaista meteliä, että koko kylä pysyi taatusti hereillä. – Ja se kielen käyttö... Saapa nähdä, mitä maanantaiaamu tuo tullessaan.

– Sitpähän tuo nähdään. Turhaa sitä nyt on puida, Mari tyynnytteli. – Mitä Peltoseen tulee, niin hänet voimme varmasti unohtaa.

Tytti puri huultaan vimmastuneena. – Eiköhän lähdetä kotiin, mitä?

– Ei nyt ihan vielä, eihän me olla vielä päästy edes jututtamaan Mannista. Kauanko olet tuntenut Mannisen? Siis Paavon?

– Ihan kakarasta. Muutin tänne kaheksan viis. Sellainen koltiainen se sillon oli, oikeestaan ihan kivakin. Se jakso touhuta meidän nuorempien kanssa, mutta kun se täytti kahdeksantoista, sen ote elämään muuttu. Pelkkää viinalla läträämistä se on siitä saakka ollut.

– Ihan tavallisesta kodistahan se on, eiks ookin?

– Joo on, en mä ainakaan oo mitään muuta kuullu. Meiän faija selitti kerran keittiöfilosofiallaan, että Paavo parka on niin vihainen itselleen siitä, että vetäisi kurkustaan alas hyvin alkaneet opinnot, mut en mä tiedä. Voihan olla, että se vaan halusi juoda. Tykkäsi viinasta jo silloin.

– Hei, liikettä! Kohta se Paavo kyllästyy odottamaan ja painelee himaansa, Tytti touhusi yllättäen. – Petteriä ei ole näkynyt ja tuskin näkyy. Ja jos se

119

sattuisikin näkemään Paavon, se varmasti luikkisi takaisin piilopaikkaansa, sillä sehän näkisi samalla meidät. Sen olisi pakko ajatella, että tässä on joku juttu hänen päänsä menoksi vireillä, niin kuin onkin. Usko minua Mari! Usko pois. Ei meistä ole tällaisiin piilopaikkaleikkeihin, eikä Harristakaan. Ei hän tätä todesta ole ottanut. Todennäköisesti hän vain järjesti meille kahdelle hysteeriselle naiselle jotain uutta ajateltavaa. Minä en näe tätä leikkinä, Mari-kulta, en todellakaan.

– Minä sinä sitten tämän näet? Et kai sinä tätä voi todestakaan ottaa, mitä? Jos Harri olisi ajatellut, että tästä olisi pienintäkään vaaraa meille, hän ei olisi tätä tällaista typerää juttua tullut meille edes leikillään ehdottamaan, mutta nyt mennään! Toivotaan, että Paavo on vielä paikalla.

19.

Pöydässä oli hiljaista. Kiusallisen hiljaista, ainakin Mari Metsälän mielestä. Hän yritti paneutua ajattelemaan, mikä näistä kahdesta sankarista oli tehnyt tällaisia juoppolalleja ja kylän kiusanhenkijä. Ja missä se toinen parhaillaan piileksi Ja miksi? Oliko hän todellakin osallinen murhiin? Saattoi hyvinkin olla, oli paha hänen kaltaisestaan rentusta mennä sanomaan sitä tai tätä.

Entä sitten tämä Paavo? Paavo? Miksi hän oli liimautunut meidän hännyksiimme? Tietysti Mari tajusi, että sehän tässä oli ollut tarkoituskin. Eli jos tämä etsiväleikki vaikka hyvinkin toisi jonkinlaista tietoa asioihin, niin apunsa siitäkin oli. Mari mietti, että hän ja Tytti tunsivat ikäisensä asukkaat, ainakin kaikki koulun Mäntyharjussa suorittaneet. Myös nämä kaksi jumalan mieliharmia.

Kuten Tytti äsken oli kertonut, Paavo oli poikasena ollut ihan mukava, avulias ja suojeleva. Nyt mies sitten oli käynyt Minna Lähteen päälle. Sitä oli vaikea uskoa, mutta totta se oli, kyllähän nämä asiat poliisitoimistossa äkkiä olivat kaikkien tiedossa, kuten pitikin olla, tietysti.

– Kuule Paavo, Minna sanoi ja katui samalla hetkellä, että oli ottanut asian puheeksi, mutta päätti jatkaa sitkeästi. – Miksi sinä hakkasit sen Minnan? Mitä pahaa se sinulle oli tehnyt? Kun oltiin kakaroita, sä jopa pidit Minnasta huolta, kuten meistä kaikista muistakin.

121

Mikä suhun sitten meni? Hyvä, ettei Minnasta henki lähtenyt käsissäsi, vai sitäkö sinä yrititkin?

– Jaaha, jaaha, siitäkö tässä tänä iltana onkin ollut kysymys? Juoksentelette pitkin kylää ja olette itsestänne niin ylpeitä, niin ylpeitä, että. Likat on tietoja metsästämässä, mitä? Kyllä se vaan mulle sopii, ilman muuta sopii, olin itse samalla asialla. Halusin tietää, missä vaiheessa tutkinta nyt oli. Ja Marihan sen saattaisi kertoa, tämä meidän lahjakas neiti Marplemme..

– Joo, joo! Älä eksy asiasta. Miksi sinä kävit Minnan päälle? Mitä se oli sulle tehnyt?

– Sanotaan nyt vaikka niin, että Minna ruoski mua turhan pitkään verbaalisella lahjakkuudellaan ja vielä aina niin, että paikalla oli muitakin ihmisiä. Kysele kyliltä, mistä oli kysymys, minä en sitä sinulle kerro. Linnaan menen, jos on pakko, mutta en sittenkään ite sinulle kerro, mitä Minna Lähde minulle teki. Tämä äkkirikas. Rahaa on vaikka suokuokalla kääntelisi, mutta ei järkeä, eikä kykyä tunnistaa tunteita. Minna tuskin on edes kuullut, mitä empatia on. Se on surkea yhdistelmä, sillä pääsee helposti hengestään.

– Sillä tavallako Harjunmäen Leena-täti ja Siltalan Jarmokin pääsivät hengestään? Sinäkö autoit asiassa, miten?

– Taidat olla vähän vajaa... No, antaa olla. Niinhän se on tämäkin asia, että vaikka minä puhuisin enkelten kielellä, suu kultapilluna, et sinä minua kuitenkaan uskoisi, mutta sanonpa sittenkin, ettei minulla ollut mitään tekemistä näiden murhien kanssa. Ymmärrätkö? Ei niin mitään tekemistä.

– Juu, eikä mullakaan muuta, kun se, että siellä pikkulan paskapöntössä mustassa muovisäkissä muutaman päivän säilyttelin asetta, minkä vahvasti epäilin olevan murhavälineen, mutta tuskin te minuakaan uskotte.

Kaikki kolme nuorta käännähtivät ympäri istuimillaan. Petteri Peltonen istui heidän takanaan olevassa pöydässä muka tutkien tärkeänä ruokalistaa. – Ajattelin syödä tässä jotain, ennen kun poliisit ehtivät tänne Mikkelistä. Olen tässä muuten pitkin iltaa jutellut kännykkä kuumana Kari Keiteleen ja Toivo Käen kanssa. Se on ollut hyvin hyödyllistä ja perin antoisaa.

– Mitä...

– Miksi ja mitä hyötyä niistä teatteripelleistä minulle olisi, tarkoitat, mutta antakaas olla, niin kerron jotain.

– Anna tulla sitten ja ripeästi kuitenkin. Mä en aio täällä koko yötä maleksia, Tytti sanoi ääni epäuskoisena.

– Ja Mari lähtee mun luo yöksi.

– Taidat pelätä, että Marin kävisi huonosti kanssamme, mitä?

– Kävisikö? Tytin ääni oli kireä. – Voitko todistaa asian olevan niin?

– En voi eikä ole tarviskaan. Käki kuitenkin sai mut uskomaan, ettei Suomessa syyttömiä linnaan panna. Ehkä ei tahallaan, mutta vahinkoja sattuu. Mulla on sikäli hyvä säkä tässä jutussa, että olin Teuvo Käen kanssa sillä hetkellä, kun oletetaan Leena Harjunmäen päässeen hengestään. Me ollaan melko tiiviisti olleet yhdessä siellä Seppo ja Leena Harjunmäen metsätorpalla vai sanoisiko piilopirtillä. Toi Paavo evästettiin teidän kimppuunne, tai siis pelkästään juttelemaan kanssanne, vaikka pelkäsimmekin, että se jäädessään naisille alakynteen, se hätäpäissään soittaa kytät paikalle ja alkaa puhdistaa omaa mainettaan, mutta ei. Ihan mallikkaasti se hoiti saamaansa tehtävän, vaikka tuskin siitä on meille paljonkaan villoja odotettavissa.

– Häkkiin te kaikki joudutte. ainakin siksi aikaa, kun poliisi on tarkastanut kertomuksenne, siihen on syytä varautua, Mari sanoi itsevarmasti, vaikka ei ollut asiasta vähääkään tietoinen. Mutta eipä siinä juuri hävinnytkään. Ainahan saattoi sanoa, että halusi vähän ärsyttää miehiä.

– Kari Keitele on kuitenkin luvannut olla jutussa jonkinlaisena yhdysmiehenä, hankkia tarvittaessa asianajajan ja muuta sen suuntaista rekvisiittaa. Sillä kun on vähän omakin lehmä ojassa. Voihan silti olla niin, että poliisi heittää hänet selliin ennen kuin ehtii edes kysyä jotain, Mari jatkoi aloittamaansa linjaa.

– Ja minkähän arvoinen lehmä olis kyseessä tällä Keiteleellä? Mari kysyi, nyt jo rauhallisemmin. – Ihan noin vaan uteliaisuuttani kyselen.

– Niin arvokas, ettei sanotuksi saa. Älykäs, kaunis, hellä ja ystävällinen, mutta, mutta... tuskin minua varten. Silti haluan auttaa siinä missä voin, vaikka olenkin likainen, köyhä, saamaton ja kaikin puolin sopimaton vävyehdokkaaksi, kuten Minnan isä suvaitsi asian ilmaista haulikon tukemana.

– Olishan se pitänyt muistaa, Tytti hönkäisi. – Kauanko siitä nyt on?

– Kihlauksesta on suunnilleen kahdeksan vuotta, kaksi kuukautta ja yksitoista päivää.

– Olipa hyvä, etten tullut kysyneeksi tarkempaa aikaa, Tytti hönkäisi. Tässä noin ajassakin on ihan tarpeeksi. Ja se kihlaus päättyi, milloin ja miten?

– Kihlauksen purkamisesta on tasan saman verran. Saatanhan tuon kertoakin, jos se teitä kiinnostaa. Minnan isä näki sormuksen puolilta päivin ja ilmoitti, että jos tuo homma ei lopu tähän eli tämä kihlaus siitä vielä jatkuu,

124

Minna voi olla varma, ettei hänen tämän talon saranoita tarvitsi kuluttaa, eikä ruokaa tai vaatteita täältä kaihota.

–"Ei sulla ollut syntyessäänkään päälläs rihman kiertämää, kun tähän taloon tulit, et niitä tarvitse lähteissäsikään", ukko sanoi ja Minna pyysi minua itkien lähtemään, kunnes hän saa asian isänsä kanssa selitettyä. Ei siinä ennättänyt pusuja jaella, kun isäntä sieppasi aseen seinältä ja osoitti sillä torrikalla alavartaloani, tuota... no. Sanoi, "että kun hän kerran vetäsee niin kovatkin halut kaikkoaa sulta ikiajoiksi, joten alahan panna lapikasta toisen eteen ja joutuin sittenkin".

– Voi helvetia, Mari ähkäisi. – Pöljähän se Minna oli! Olis vaan lähtenyt, niin jo seuraavana pyhänä olisi isukki käynyt hieromassa nuorten kanssa rauhaa.

– Enpä olisi niin varma siitäkään, Tytti sanoi. – Ja näin juhlallisten pakkien jälkeen sinä aloit kylän silmissä elää kuin janoinen porsas.

– Se vaan näytti siltä, Paavo Manninen sanoi. – Petteri on aina ollut kaikessa pikkutarkka mies, asiansa se on hoitanut ja ilman viinaa ja tupakkaa elellyt. Se on tehnyt niin, vaikka Minna ei siitä mitään ole tiennytkään, niin mä ainakin luulen. Ja se likka on ollut koko ajan mun kimpussa, mä kuulemma "olen vetänyt Petterin lokaan", neidin omia sanoja tarkasti siteeraten, mutta en minä siitä ole välittänyt.

–"Koskenut hyvään mieheen", niin se sano, sano silloin, kun se hyväksi katsoi haukkua minut ja minä siitä kimpaantuneena tirvasin sitä. Tajusin vasta myöhemmin, mitä se tarkoitti.

– Ja silloin kun ymmärsit... Repe ei saanut sanottua enempää. Marttinen tuli apuun. – Silloin olit vähällä tappaa tytön. Ihan totta.

– Jotain henkilökohtaisempaakin oli, miksi kävit Minnaan käsiksi. Se nyt on kuitenkin sinun yksityisasiasi, eikä siihen tarvitse ihan pohjia myöten tarttua, Mari sanoi, kun olisi vakuuttanut asiaa itselleen. – Vaikka mistä minä tiedän, miten ne kollegat asiaan suhtautuvat. Ja laki!

– Miksi hitossa sinä sitä kivääriä sitten kanniskelit?

– Kannoin, koska Minna soitti ja käski minun piilottaa aseen sinne huussin sammaleisiin, mutta en mä kauan siellä venynyt. Tuli jotenkin niin kurja olo kaikesta ja sitten sain päähäni hakata sen kiväärin tuusannuuskaksi siihen jättilohkareen lähelle. Sillä aseella ei enää ammuta edes pilkkaa, ihmisistä puhumattakaan. Tota Paavoa se Minna ei halunnut lähelleen, sitä se pelkäsi ihan tosissaan ja ymmärtäähän sen, joten minä sen kiväärin sitten tuhosin. Kuulepa Mari vielä! Paavo on pyytänyt anteeksi sieltä ja täältä ja vähän jokaiselta ja joka suunnalta. Minnalta montakin kertaa vastausta saamatta. Kai se jotain merkitsee sekin, kun ihan tosissaan nöyrtyy, vai mitä?

– Se vissiin tosissaan luuli, Minna-parka, että sulho oli päästänyt ilmat kilpailijasta. Miksi se muuten sen kiväärin kanssa olisi kylällä hortoilut. Jos ei aikonut sillä ketään tappaa, niinhän? Petterin ääni oli hiljainen. Liian hiljainen.

Taas pöytään laskeutui käsin puristettava hiljaisuus, joka kosketti jokaista läsnäolijaa.

– Jotenkin niin... Vaikka kun sanot sen noin... se kuulostaa ihan sairaalta, eikö vaan kuulostakin?

– Voihan se niinkin olla. Saimme kuitenkin Paavon kanssa keikasta kunnon korvauksen pieneen olemattomaan hommaan nähden. Meidän piti ottaa Petterin tuvan eteiskaapista sinne tuotu ase ja piilottaa se puuseehen. Funtsattiin, kenen se pyssy mahtoi olla. Saarelan muorinko vai kenen? Ihan siisti homma. Se kivääri oli kääritty huolellisesti muoviin, joten kädetkään ei paskaantuneet. Rahat oli kaupan kassissa samassa paikassa ja hommasta sovittiin puhelimessa, että silleen. Kenen kanssa, sitä me ei tiedetä, eikä ole väliksikään. Mähän oon tällanen luuseri, joten mulle tää oli ykkösluokan homma.

– Ja tämäkö meidän tulisi uskoa, mitä? Marin ääni oli avoimen ivallinen. – Poliisi sai vihjeen aseesta ja sen olinpaikasta melko pian Siltalan ampumisen jälkeen ja tarkasti vihjeen. Se ei pitänyt paikkaansa! Siellä käytiin jonkin ajan kuluttua uudelleen, kun tämän Petteri Punakuonon tiloihin tehtiin kotietsintä. Silloin ase löytyi kahden, kolmenkymmenen metrin päästä siitä epäsiististä huussista. Se oli kuitenkin tehty käyttökelvottomaksi murhan jälkeen. Joku raivopää oli hakannut sitä siihen lähellä olevaan isoon siirtolohkareeseen. – Niin että kovasti tämä Petteri sen aseen liepeillä tämän ampumisen jälkeisen ajan on pyöriskellyt. Miksiköhän?

– Se siitä tässä ja nyt. Poliisi kääntyi just parkkiin. Jääkää te pojat pitoihinne, me Marin kanssa siirrymme vähän kauemmaksi, Tytti sanoi. Hän katsoi ensin Paavoa ja sitten Petteriä. – Pärjätkää... Jättäkää se Sepon muori kuitenkin rauhaan, jos mahdollista. Sen tiedot ei ketään lämmitä, kunhan höpäjää, vanha ihminen.

– Katso nyt Petteri! Sama, mitä sä noille sanot, meitä ne kuitenkin epäilee ja syyttää näistä murhista.

– Älähän nyt Pave, sinä Paavo tiedät, että olet syytön ja minä tiedän sen myös kohdaltani, joten olemme voiman oikealla puolella ja totuus tulee voittamaan, usko pois.

Ovi aukeni ja sisään astui kaksi nuorta poliisia.

127

– Eiköhän pojat lähdetä... Petteri kääntyi kohti Maria ja Tyttiä. Hänen kasvoillaan oli tuskin havaittava hymy.

– Voikaa hyvin ja kiitos seurasta, Petteri sanoi ja kumarsi kevyesti, hieman niskaansa taivuttaen. Tytöt katsoivat poikien lähtöä. Kaikki tuntui niin toivottomalta.

– Jos Petteri ja Minna menevät yhteen, Petteri saa sen huiman elämän rahoineen, mistä aina on puhunut, Mari sanoi ääni hieman kitkeränä.

– Joo niin... Mitähän Minna niissä oloissa saa, kun tajuaa, että hänet on talutettu alttarille omaisuutensa voimalla. Eihän me tiedetä, onko se rahaliitto, eihän? Voihan heidän välillään olla vuosia kestänyt rakkaus, joka nyt saa täyttymyksensä ja Minna on nainen, joka osaa pitää huolen rahoistaan. Ei ole niinkään varma, että Petteri pääsee niihin käsiksi.

– Totta... Petteristä tulee kuitenkin Minnan ainut perijä, jos jotain sattuisi. Tulitko ajatelleeksi sitä?

128

20.

– Ja pidätys on sitten suoritettu?

– Totta. Meillä on kaksi nuorta miestä häkissä, Harri Kääpä sanoi arvoituksellisesti. – Joten hyvällä mallilla ollaan, ja katsoi myhäillen varatuomari Erkki Heinoa.

Tuomari oli soittanut aamupäivällä Häkkiselle muissa asioissa ja pyytänyt samalla Mäntyharjun tutkijoita saunailtaan, vahvistettuna jo eläkkeellä olevalla Kaarlo Häkkisellä.

– En olisi uskonut, että tämä asia tällä tavoin noin vain selviää, tuntui se niin kimurantilta. Vaikka enhän minä sentään läheltä ole päässyt tätä juttua seuraamaan, mutta olisin ollut melkein varma siitä kirjoituskoneesta ja kirjoittajasta jo silloin, kun veli-Perttunen minulle kirjeestä kertoi. Luottamuksellisesti tietysti, luottamuksellisesti.

– Mistä sinä olisit päätellyt kirjoittajan? Häkkinen katsoi rauhallisesti Heinoa. – Me ei löydetty sitä kirjoituskonetta edes silloin ensimmäisellä kerralla pari vuotta sitten, kun sitä olisimme tarvinneet ja kyllä me sitä haettiin tiiviisti. Ja koko revohka sitä silloin kaiveli esiin, vaan eipä löytynyt. Nyt on meilläkin jo tieto koneesta ja kirjoittajasta. Olisit edes sinä tullut kertomaan epäilysi, jos ne kerran olivat noinkin vahvoja.

– Olisi pitänyt, mutta kun se juttu minulle oli silloin jotenkin niin selvä. Ehkä minä ajattelin, että tekin

129

näkisitte sen samalta kantilta ja että olisin jutun siinä vaiheessa tietoineni vain sekoittanut pakkaa. Ja olihan minulla siinä kaikenlaista silloin, tätä uutta toimistoa olin perustamassa ja samalla rakentamassa siihen tädiltä perimääni saareen kesähuvilaa ja vaikka mitä sitä silloin oli. Sellaista tohottamista koko kesä, ei juuri kalaan ennättänyt.

– Taidat ollakin intomielinen kalamies, vai mitä? kysäisi Perttunen Heinolta kevyeen seurustelu tyyliin.

– Muistan, kun me silloin pari kesää sitten oltiin yhdessä kalassa siellä tädin saaren toisella puolella, Häkkinen muisteli. – Vaikka eihän se tädin saari enää ole, koska hän sen kerran jätti perunkirjassa sinulle.

– Niinhän se on. On, on. Minullehan se sitten jäi.

Perttunen kääntyi katsomaan vielä lauteilla viihtyvää Heinoa, Kääpää, Ruotsalaista ja Marttista. – Kelpaa sitä siinä saaren maisemassa sekä kalastella että muuten nautiskella, Perttunen tokaisi.

– Vaan miksi et ole emäntää itsellesi hankkinut? Häkkinen kysyi. – Mukavaahan se olisi kahden siinä hirsituvassa asustella kesäisin, uida ja kalastella, käydä välillä kesäteatterissa ja lavatansseissa. Voisiko sen mukavampaa edes kuvitella?

– Naiset eivät oikein ole minua varten, Heino sanoi ja alkoi kömpiä alas lauteilta. Ruotsalainen katsoi miestä kasvoihin ja näki punan nousevan kaulalta ylöspäin kohti hiusrajaa. – Ne ovat suoraan sanoen viheliäistä väkeä jotenniin se vaan on, ettei ole akkoihin luottaminen. Mikä en ainakaan ole tavannut yhtään kelvollista.

– No mutta, mitäs sinä nyt? Kai sitä mies sentään tuohon ikään mennessä on ennättänyt muutaman kerran rakastuakin.

– Muutaman kerran? Phyi olkoon! Hyvä, jos kerran. Vaikka kai sitä sen verran voin kertoa tuosta vanhasta jutusta, tästä niin sanotusta rakastumisesta, että olin silloin tavannut parikymppisen naisen. En edes pyri kertomaan hänen ulkonäöstään. Riittää kun sanon, että hänen vertaistaan ei ole toista ja sekin on kovin laimea ilmaisu. Jouduimme eroon, kun hän matkusti ulkomaille ja tapasimme uudelleen, kun hän muutaman kuukauden kuluttua palasi takaisin. Hänellä oli mies vierellään palatessaan. Vauras mies. Ei häntä köyhä opiskelija kiinnostanut. Hän jopa nauroi, kun sanoin hänelle uskoneeni, että me tanssisimme juhannushäitä Mäntyharjussa. Hänestä se oli hauska juttu. Ajatelkaa! Hauska, kun minä olin tukehtua ikävään ja tuskaan, jota hän minulle tuotti. Muistan elämäni ajan, miten nauru ei edes ylettynyt hänen häijyn älykkäisiin silmiinsä. Hän katsoi minua ja nauroi, mutta ei ollut läsnä. Se oli sietämätöntä.

– Kerrassaan ikävää, Martikainen sanoi. – Hän oli varmasti sinulle rakas. Martikaista inhotti tällainen keittiöfilosofia. – Sinä et sitten löytänyt tietä ulos raskaista tunteistasi?

– En löytänyt, en. Mutta opinhan pitämään näppini irti akoista, jotka kaiken aikaa etsivät vain tilaisuutta vaihtaa parempaan. Eikä heitä tietysti toisenlaisia olekaan.

– Nohh, noh... Ruotsalainen sanoi opettajamaisesti. Ei pidä yleistää. Hän oli sinulle rakas. etkö voisi siitä etsiä voimaa?

– Kai hän sinä kesänä oli rakas monelle muullekin. Minulla kun käy siivoamassa ja vähän talouttakin hoitamassa tämä Leena Harjunmäki tai siis kävi, naisparka, niin hän kertoi minulle, että hänen poikansa oli

131

mennyt naimisiin hyvin kauniin naisen kanssa. Ja minä houkka halusin nähdä, millainen nainen on "hyvin kaunis" tällaisen tavallisen miehen mielestä, miehen, jolla ei ole varaa ostaa turkiksia ja timantteja. Kuljetella valittuaan ulkomailla ja mitä kaikkea siihen kuuluukaan, kun raha ei tee tiukkaa. Ja mitä minä löysin? Elämäni naisen minä löysin. Miten geenit olivatkin saattaneet järjestäytyä naiselle niin otollisesti! Hetihän minä tietysti tajusin, että kyseessä oli ainoan rakkauteni tytär. Halusin tietää, oliko hänellä myös äitinsä luonne. Kun tutkin asiaa tarkemmin, naisella oli useita suhteita, hyvin useita, kuten äidilläänkin aikoinaan, mutta mitä me tällaisia tässä... Mennäänpäs tuonne yläkertaan iltapalalle ja nauttimaan parit konjakit...

Suureen, ylellisesti kalustettuun saunamajaan laskeutui hiljaisuus. Varatuomari Erkki Heinon katse kiersi miehestä toiseen, ikään kuin etsien heikointa lenkkiä.

– Eipä taida onnistua, Erkki hyvä, Häkkinen sanoi. Hän katsoi, kun Perttunen nousi ylös ja ilmoitti yskantaan, että varatuomari Erkki Heino oli pidätetty ja josko hän halusi pukeutua ennen kuin matka Mikkeliin alkaisi.

Heino melskasi ja kiemurteli aikansa, mutta päätti sitten turvautua toisenlaiseen taktiikkaan.

– Miksi minä olisin murhannut minulle täysin vieraan ihmisen, tämän Siltalan? Miten olisin edes kyennyt siihen, naisesta puhumattakaan? Heino kyseli.

– Seurasit tutkimuksiamme varsin tiiviisti, vaikka toisin väititkin. Ensin ajattelimme, että olit kiinnostunut asiasta ammattisi vuoksi. Hetken pohdimme, olisiko sinulla ollut juttuumme liittyvä epäilty. Mutta teit viikkojen kuluessa monta pientä virhettä ja yhden suuren.

132

Sanoit, ettei veneesi ankkuriköysi ollut riittävän pitkä syvänteen pohjaan. Minä epäilin, ettei niin syvästä kohdasta kalaa nousisi. Sinä vastasit, että ehkä olikin parempi, ettei jatkuvasti sukeltele syvissä vesissä, siinä voi käydä huonosti!

— Entä sitten? Mitä tuolla tarkoitit? kysyi Heino yrittäen piilottaa säikähdyksensä hyökkäävään käytökseen.

— Sitä vaan, että tässä nyt teit suurimman virheesi.

— Miten ihmeessä? Mitä sinä oikein hierot?

— Mietin vain, milloin mahdat tehdä seuraavan kalareissun? Ilman tätä viimeistä souteluasi olisit saattanut päästä pysyvästi kuiville, Häkkinen selitti ystävällisellä äänellä. — Ja mikä into sinulla oli upottaa se vanha, painava kirjoituskoneesi järven syvänteeseen? Sillähän oli sinulle kertomasi mukaan niin paljon tunnearvoakin.

— Oikeinko sinä olit rantapöheikössä kyttäämässä, saisitko minut kiinni jostain, mitä? Kyllä sitä jaksetaan laulaa poliisin olemattomista voimavaroista, mutta näyttää sitä olevan aikaa puskassa kyttäämiseen, niin vesillä kuin maallakin. Kiistän tietysti kaikki väitteesi, mutta jos nyt ajateltaisiin, että minä todella olisin pudottanut järveen sen vanhan ruosteisen rähjän, niin olisin silloin syyllistynyt korkeintaan roskaamiseen, edellyttäen tietysti, että saisit tämän todistuskappaleen nostettua sieltä järvestä. Eiköhän minulta olisi siinä tapauksessa löytynyt sen verran kapitaalia, että olisin saanut mokoman sakon maksettua. Tämä on tietysti ajatuskoe, ei muuta, kuten ymmärrät.

— Entäs Jarmo Siltalan tappo? Saatatko pitää sitäkin ajatuskokeena tai leikkinä? Entä Leena Harjunmäen elämän lopettaminen? Naisen, joka huolehti

133

vuosia hyvinvoinnistasi ja muisti aina leivontapäivinä tuoda sinulle lämpimäisiä, joille sinä sitten naureskelit. Mutta nyt tämä leikki loppui tähän. Virkapukuiset odottavat porstuvassa. Kutsu, Perttunen, heidät sisään, saavat viedä tämän kuvatuksen Mikkeliin.

21.

Vaitonaiset miehet istuivat Repe Ruotsalaisen rantatalossa. Ennen lähtöään Heinon hoteista, he olivat tarkastaneet, että kaikki oli kunnossa ja talon saattoi rauhassa lukita.

Repe oli keittänyt pöytätermarin täyteen kahvia ja taikonut jostain kotona paistettua kinkkua ja venäläistä suolakurkkua, jotka huuhdeltiin alas viileällä oluella. Repen puulämmitteinen, aina-valmis kiuas tarjosi pehmeän, samettisen löylyn ja järven vesi vilvoitti kovilla olleet tutkijat.

– Sääliksi käy, Martikainen sanoi. – Vieraanvarainen illan isäntä makaa varmaankin putkahuoneen kovalla lavitsalla, viiden sentin vaahtomuovipatjalla. Martikaisen ilme oli aidosti surkea.

– Mikä siihen mieheen oikein meni?

– Heino on sairas mies, Kääpä sanoi. – Pian se pääsee hoitoon.

– Millä tavalla sairas? Ei se minusta mitenkään sairaalta ole vaikuttanut. Sillähän on asiakkaita ja toimeksiantoja mielestäni enemmän kun yksi mies ennättää tehdä.

– Kuules nyt Repe. Niin paljon ei lakiasiain toimistolla tai asianajajilla yleensäkään koskaan ole töitä, ettei vähän lisää olisi tervetullutta.

– Rahaa, rahaa pitää saada, Martikainen huokasi ikään kuin olisi todella ollut sitä mieltä. – Vaan eipä raha tuonut aikoinaan rakkautta.

– Eihän sillä ressukalla silloin ollut kuin opintovelkaa. Velka ei lämmitä sellaista naista, jonka ainut rahaksi muutettava omaisuus on ulkoinen kauneus. Häkkisen olemus oli jotenkin pingottunut – Se on silloin myytävä mahdollisimman kalliilla, hän viimein sai sanotuksi.

– Voitaisiinko saada tämä juttu jotenkin pakettiin? Enhän minä ole ollut täällä tutkimusten alusta saakka. Haluaisin saada jonkinlaisen kokonaiskuvan, eli kuka mitäkin teki ja miksi.

– Jos vaikka Harri... Martikainen innostui.

– Miksei, mutta täydentäkää sitä mukaa, kun eksyn aiheesta. Mutta antaa mennä nyt. Kaikki sai alkunsa siitä, kun pojat jättivät Siltalan yksin sillalle, kun näkivät Saarelan mummon tulevan siltaa kohden. Mummo iski heti kiinni Siltalaan, alkaen tentata, mikä vesilintu oli kyseessä ja mikä niin somasti ihan siinä sillan vieressä sukelteli.

Perttusen sormi nousi pystyyn pyytäen puheenvuoroa.

– Minä taas uskon, että se sanailu niistä linnuista oli jonkinlainen pimennysverho sille, että tämä kummallinen vanhus pääsi itse asiaan eli varoittamaan Siltalaa, jonka tiesi olevan vaarassa. Teki kuitenkin sen varoittamisenkin niin kumman runollisesti, että sai Jarmo Siltalan vain kummastelemaan, mistä tässä oikein oli kysymys. Saarelan muori oli kuullut, kun Erkki Heino oli puhunut Paavo Mannisen kanssa aseen piilottamisesta ja tämä Saarelan muorin miniä, Leena Harjunmäki, joka oli tullut Heinon tietämättä päivää tavanomaista

136

aikaisemmin tuomarille hommiin, jätti siivoukset heti sikseen ja lähti viipottamaan kylälle hurjaa kyytiä. Nyt oli iso asia kyseessä, oikein juorujen juoru, kun vain löytäisi jonkun jolle kertoa.

– Muori taas oli jäänyt Heinolle ja kuullut loputkin puhelusta ja ymmärtänyt miniäänsä nopeammin mistä oikein oli kysymys ja lähtenyt niiltä sijoiltaan varottamaan Siltalaa. Hänen tarkoituksensa oli tietysti varoittaa myös miniäänsä, mutta ei löytänyt häntä mistään. Leena Harjunmäki ja Tytti Heimola olivat juuri silloin siirtyneet Kaneliässästä sinne kunnantalon sokkeloiseen, katettuun pysäköintialueeseen. Ja tämä sattuma, jos sattumia nyt sitten on, vei hengen Leenalta.

– Meillä ei tietenkään ole varmuutta siitä, mitä sitten tapahtui, mutta valistunut oletus on se, että Erkki Heino näki Leena-rouvan ikkunasta painelevan melkoista kyytiä kohti keskustaa ja tajusi heti, että tämä oli ollut hänen puhelunsa aikana sisällä talossa ja kuullut kaiken. Niinpä hän lähti niiltä jalkojensa sijoilta Leena-emännän perään ja se taas saattoi pelastaa Saarelan muorin hengen.

– Sillä muorilla oli satumainen onni, Timo Martikainen sanoi. – Ensin se pelastui Heinon kynsistä, kun tämä kiiruhti Leena Harjunmäen perään ja toisen kerran, kun hän oli lähtenyt tapporeissulle muorin mökille ja törmännyt portailla seisovaan Kaarlo Häkkiseen.

– Sano Kalle vaan, Häkkinen sanoi silmät tuikkien.

– Vaikka niinhän siinä kävi, oikeassa olet. Sen sijaan muorin miniällä, tällä Harjunmäen Leenalla, oli sitäkin huonompi onni. Tytti Heimola oli kyllä vannottanut häntä tulemaan minun luokseni, koska minä olin jo kerran Leena-emäntää puhuttanut, huonolla menestyksellä tosin.

137

– Heino tapasi Leenan ennen torikahvilaa ja suuntasi heti kahvin ostoon. Heino pöllähti siihen ja osti siivoojalleen munkkirinkelin.

– Me emme tiedä, mitä ja mistä he keskustelivat ja millä Heino sai naisen lähtemään sinne kesäteatterin maastoon. Tuomari jätti kuitenkin autonsa korsumuseon parkikselle ja siitä he kävelivät polkua myöten teatterille. Ja sen polun varrelta Heino sai hyppysiinsä sen rikkinäisen tiiliskiven, jota sitten käytti astalona.

– Jos arvata saa, niin mikään muu ei tehonnut Leenaan niin kuin raha, se oli hyvä houkutin. Raha oli monin verroin vaikuttavampi kuin Leenan kaipaama kiitos ja arvostus kylän naisilta. Hän kelpasi kyllä tekemään työt, joita kukaan toinen ei halunnut tehdä, Häkkinen selvitti.– Enkä minä tätä pahalla sano. Päinvastoin. Olen omin silmin nähnyt, miten kylän naiset ovat siirtyneet pois aikomaltaan reitiltä, kun Leena Harjunmäki on tullut vastaan. Hän ei todellakaan saanut eläissään toisilta naisilta sen enempää kiitosta kuin kunnioitustakaan. Selän takana vain naureskeltiin.

– No nyt me suurin piirtein tiedämme, miten Jarmo ja Leena onnistuttiin tappamaan, mutta miksi? Repe Ruotsalainen kysyi?

– Leena tapettiin siksi, että Heino äkkäsi tämän kuulleen sen raskauttavan puhelun. Sen, missä hän tilasi itselleen Peltoselta ja Manniselta asetta. Sen hankinta ei liene ollut Heinolle mitenkään hankalaa, Perttunen pohti ääneen.

– Miksi se Manninen hakkasi sen Minna paran sellaiseen kuntoon, Martikainen kyseli.

– Ihan älyttömästä syystä. Kai siinä kävi niin, että mies ei saanut ajoissa raivoaan laantumaan. Ei se sen kummempaa ollut, kun Minna innostui tökkäsemään

138

pahaan paikkaan puhuttelemalla Mannista homoksi, mikä Manninen kai onkin, ei se muuten niin älyttömästi olisi suuttunut. Ja kun Manninen pääsi alkuun, ei kyennyt lopettamaan, Repe selvitti.

– Jarmo Siltala tässä on koko jutun ydin, Häkkinen sanoi hiljaa. – Otin vähän selvää hänen perheestään ja suvustaan. Hän oli ainut lapsi. Äiti on elossa ja häntä kävin tapaamassa. Hän sanoi, että oli aina tiennyt, että raha tuo pojalle onnettomuutta. Hän oli erottanut pojan isästään ja usein ajatellut, miten väärin se oli poikaa kohtaan. Hän oli vauvan kanssa muuttanut asumaan Turkuun ja äiti oli vaihtanut nimeä. Hänen nimensä oli Rantanen aiemmin, mutta siitä huolimatta he paljastuivat.

– Mutta miksi? Martikainen pyyhki kädellään kasvojaan. – Mitä oli tapahtunut, että poika ja äiti olivat lähteneet karkuteille?

– Jarmo Siltala oli Jalmari Lähteen poika. Siltalan äiti oli talossa töissä. Piikana, kuten silloin sanottiin. Nuoret… Se tavallinen tarina, ei siitä enempää. Sen sijaan testamentti oli mielenkiintoinen. Se meni puoliksi Minna Lähteen kanssa. Lisäksi päältä oli ennen jakoa otettava pois Riitta Rantaselle kuuluva pojan elatusmaksu täysi-ikäisyyteen saakka. Se täysi-ikäisyys on tullut ja mennyt, mutta testamentin ohjeen mukaisesti raha jää Riitta Rantaselle ja hänen jälkeensä Siltalalle.

– Tiesikö Jarmo Siltala olevansa varsin varakas mies? Kääpä kysyi Häkkiseltä.

– Ei ehtinyt tietää. Kun minä näitä omia tutkimuksia aloittelin, tein niitä tietysti epävirallisesti. Eihän minulla ollut poliisivaltuuksia, mutta se etu puolellani oli, että täällä kaikki tuntevat minut ja luottavat minuun. Huomattavaa apua sain Käeltä. Jos olisimme malttaneet kuunnella häntä silloin kun hän kävi asemalla, olisimme päässeet melko harppauksen eteenpäin tutkimuksissa.

– Joka paikkaan se Käkikin...

– Tiesikö se mokoma kukkuja, mitä se Minna pelkäsi siellä lukittujen ovien ja ikkunaverhojen takana? Tuskin sentään kuitenkaan Mannista, vai?

– Ei Mannista, ei todellakaan. Heinoa se pelkäsi, ressukka. Sain hänestä sen verran irti, ettei se ollut ainut kerta. Mutta kiitollinen olen sille Käelle.

– Sen takia, että hänellä on mahtava määrä tietoa uusista ja vanhoista jutuista kylällä. Hän esimerkiksi tiesi kertoa Jalmari Lähteen ja Riitta Rantasen seurustelusta ja siitä, miten Jalmarin vanha äiti oli suuttunut pojalleen mokomasta asiantilasta. Jalmari oli mennyt kihloihin ennen Riitan taloon tuloa, mutta tytön tultua Jalmari oli rakastunut häneen korviaan myöten ja tunne oli kääntynyt molemmin puoleiseksi. Sitten Riitta oli kuullut vanhan rouvan vahvat vaatimukset pojalleen ja hän lähtenyt samana päivänä talosta silkkaa tyhmää ylpeyttään. Kun tämän kuulin, kaikki loppu olikin jo pelkkää vahvistusta. Heinon ajatus saada hallintaansa Minnan omaisuus tytön kuoleman kautta ei onneksi ennättänyt toteutua.

– Olen kirjoittanut kaikki saamani tiedot ylös ja ne löytyvät pöydiltänne.

Muut katsoivat Häkkistä jotenkin tyrmistyneinä.

– Mitäs tykkäätte? Vieläkö siellä olisi löylyä? Häkkinen kysyi.

140